우리를 사랑이라
　　　　　 말할 수 있다면

우리를 사랑이라
말할 수 있다면

강송희 에세이

더퀘스트

차례

Chapter 1
온 밤은 한없이 너의 쪽으로 기울고 ... 9

Chapter 3
상처가 스미는 시간을 위한 말들 ... 163

Chapter 1

온 밤은 한없이 너의 쪽으로 기울고

핸들을 돌렸다

인생이 너무 소중해지기 시작했다.
시간이 너무 빠르다는 느낌이 들었다.
마음이 아팠다.
그러나 후회할 삶일지라도 결정한 대로 나아간다.
어차피 인간이란, 어느 쪽으로 가도 눈을 감기 전
후회할 테니까.

그러므로 미안했다는 말, 고마웠다는 말,
나는 아직 너를 사랑하고 있다는 말을 전해야만 한다.

너무 소중해서 그래

"소중한 걸 어떻게 대해야 할지 모르겠어."
"있는 그대로 바라봐주면 된단다."

지금

마음의 경계가 자연스럽게 무너질 수 있다면.

나는 나에게, 그렇게 만든 눈앞의 그 사람을
지금 당장, 사랑하라고 말할 것이다.

당신의 밤하늘

옥상에 올라가는 게 아니었다.

그랬다면 계단을 오르는 동안
차오른 숨을 두근거림이라고
착각하지 않았을 것이고

어두컴컴한 공간을 비추는 달을 향해
고개를 들지 않았을 것이다.

또 그랬다면, 밤하늘을 메운 은하수를
눈에 담지 못했을 것이고

당신도 나를 생각하고 있을지 모른다는
막연한 기대도 하지 않았을 것이다.

그러니 아무리 생각해도,
옥상에 올라가는 게 아니었다.

하지만 아무래도 나는, 당신의 밤하늘이 궁금하다.

마음이, 마음대로 되질 않는다.

우리를 사랑이라 말할 수 있다면

매일 밤,
당신은 내 마음의 문턱을 스스럼없이 넘는다.
굳게 닫혀 있던 문을 아무렇지도 않게 열고 들어와,
홀로 덩그러니 있는 내게 손을 내민다.

그러면 나는 밤새, 당신에게 묻는다.
당신에게 나는 어떤 의미인지,
당신도 아주 가끔은 내 생각을 하는지.

말없이 웃는 당신을 보며,
나는 아침이 오지 않기를 바란다는 것을 깨닫는다.
길고 긴 밤이어도 좋다는 마음을 깨닫는다.
당신이 찾아와 웃어준다면
우리를 사랑이라 말할 수 있다면

내게 빛은 당신의 미소 하나면 충분하다고.

생일

당신이 내게 성을 떼고 이름을 불러주던 날.
스치듯 닿은 두 팔을 누구도 떼지 않던 날.
나와 당신은 '우리'가 되었다.

내게로

봄이 왔다는 것을 깨달았다.
당신과 눈이 마주친 순간에.

어느새

사랑은 계산할 필요가 없는 것. 나도 모르는 새 이미
잠옷차림이 되어 있는 것.

걸음을 멈춘 이유

내게 만약 왜 가던 걸음을 멈추었느냐 묻는다면,
한동안 머물고 싶어진 곳을 찾았노라 할 테니.
그럼 오래도록 이 곁에 있어 주세요, 라고 해주세요.
당신을 찾았으니, 지친 걸음 멈추고
이제껏 지내온 일기 같은 내 삶을
당신께 재잘거리고 싶다고
말하려니까요.

평균대 아래에 당신이 있었다

서로에 대해 하나씩, 조금씩, 더 자주 그리고 더 깊이
알아가는 길목 위에 서 있다는 것은
눈을 감고 두 팔을 벌려 평균대 위를 걸어도 웃음이
나는 것.

두렵지 않은 것.

사랑.

어쩌지 못하는 일

생각은 그리움을 동반한다.
그리고 언제나, 내 마음대로 되지 않는다.
늘 나도 모르는 새, 하고 있으니까.

그래서 그리움도, 어쩌지 못하는 게 아닐까,

보고 싶어

이유여하 불문하고 '보고 싶다'는 말에 무너지면,
아직은 사랑인 거다.

잔잔한 바람이 불어왔다

잔잔한 바람이 거센 태풍보다 두려웠던 적이 있었다.
너도 그랬다.
거세게 몰아쳤던 여타의 관계들보다
서서히 스며들었기에 조금 더
그대로 머물러주기를 바랐는지도.
멀어져 버릴지라도, 한순간은 아니길 바라면서.

빗방울이 될게

잔잔한 빗방울이고 싶었다.
당신이 움츠러들 때에 가장 먼저 축 처진 어깨를
톡, 톡 다독여줄 수 있는
눈물을 훔칠 때에 같이 물줄기를 흘려줄 수 있는

그냥 함께인 사람으로.

넘치는 것

언제나 나를 넘나드는 너는,
그저 '온전한 너'이기를 바란다.
넘치는 것은
내 마음 하나로 족하다.

낮잠

너는 꼭 낮잠 같다.

한잠 자고 나면
모든 것이 꿈같이 느껴져.
정작 자야 할 땐
눈만 끔뻑이게 되고.

당신이었기에

이런 나라도 괜찮으냐는 말은 참,
당신만 바라보던 사람에겐 잔인한 말이에요.
누군가에겐
'그런 당신이어서'였으니까.

문득

가끔
문득
우리의 서운하고 속상했던 날들에
벅차도록 감사한 날이 있다.
지금 이 말을 내뱉는 순간에 번지는 잔잔한 미소는,
우리가 함께, 그 괴로운 시간을 헤쳐왔다는 것을
덤덤히 알려주고 있으니까.
조금 더 사랑하게 되었는지도
모르잖아.

맑은 날도 폭풍이 치는 날도

"어떤 날은 많이 화창할 거예요. 그리고 우린 아주, 행복하겠죠. 그러다 어느 날, 소나기가 내리고 흐린 날이 온다면 집 밖으로 나가지 않고 온종일 마주 앉아 이야기를 할 거예요. 서로의 서운한 마음을 달래 줄 거예요. 깊은 대화를 마치곤 서로의 머리맡을 쓰다듬어 줄 거예요. 비가 그치고 다시 햇빛이 들어오면, 서로의 손을 잡고 산책을 나갈 거예요. 늘, 행복할 거예요, 궂은 날에도. 행복은, 사랑을 지키려 노력한 사람들에게 주어지는 신의 선물이니까."

포옹

사랑하는 사람들이 없었으면 어쩔 뻔했어. 사랑을
배우지 못했으면 또 얼마나, 불행할 뻔했느냐고.

이유

우리는 생각하는 것을 멈추는 방법을 몰라 잠에 들어
도 꿈을 꾼다.

사랑에는 순서가 없다

사랑에는 순서가 없다. 내가 상대를 더 사랑하든, 상대가 나를 더 사랑하든 그런 것은 중요하지 않다. 중요한 건, 나에게 주어진 마음을 온전히 다 써버리는 것. 그래서 충분히 나를 사랑에 담가둘 수 있는 것. 그뿐이다.

시간이 천천히

당신과 나란히 앉아 해가 지는 창밖의 풍경을 바라볼
때면 생각해요.
세상이 이렇게 느린 속도로 흐르고 있었나, 하고.
당신은 알까요.
그런 날은 맞잡은 손가락 마디 사이로 흘러 들어오는
바람마저 느리게 움직이는 기분이라는 걸.

우선 단추 하나

그러니까, 단추를 한 개만 풀어서는 옷을 벗을 수 없잖아.

그런데 말이지, 옷을 벗으려면 우선 단추 한 개를 풀어야만 해. 그러니까 내 말은, 사랑에도 그게 필요하단 말이야. 딱 한 걸음.

지금이어야만 하는 순간

결정적인 장면에서 멈추고 잠을 청하면 그 장면은
다음 날 날아가고 없다.
곧 죽어도 지금이어야만 하는 순간들이 있다.
눈을 반쯤 감은 채로라도 마주봐야 하는 이유.
인생의 수많은 기회들 중 어떤 것은 아주 찰나의
순간에도 왔다가 가버리기 때문.

문턱

행복해지고 싶어서 그 사람을 선택한 줄 알았다.
그 사람을 선택했기에 행복하다.
이것을 깨우침에 다행이다.

비로소 문턱을 넘었다.

당신은 내 곁으로 와 꽃이 되었다

당신이 머무른 자리에
꽃이 피었다.
그 꽃길을 따라 걷다 보니
어느새 길을 잃었다.
그러나 '잃음'으로 얻었다.
당신을.

세상에서 가장 기쁜 잃음이었다.

왜 그 사람이어야만 해

"왜 그 사람이어야 해?"

"그 사람은 자꾸, 나도 몰랐던 나를 마주하게 해. 내가 이렇게 질투가 많은 사람이었는지, 이토록 사소한 것에도 울고 웃을 수 있는 사람이었는지 몰랐는데. 그 사람 옆에 있으면 자꾸, 문득문득 나를 되돌아보게 돼. 그러다 결국에는, 그 사람 앞에서만 변한다는 사실을 깨닫게 만들어."

그래서, 그 사람이어야만 해.

눈동자

"어떤 사람에 대해 알고 싶거든, 대화를 나누는 그 사람의 눈을 깊이 관찰해보세요.
그 사람의 올곧은 눈동자가 왜인지 모르게 흔들리는 순간을 발견하게 된다면, 자신도 모르는 사이 사랑에 빠져버릴지도 모르니까."

표현해주세요

사랑이란, 상대로 하여금 다음 말을 하고 싶게 하는 것.
말을 삼키지 않게 하는 것.

온 밤은 한없이 너의 쪽으로 기울고

언제쯤 의연해질 수 있을까 싶지만
언제고 그럴 수는 없을 것 같아.

너는 내게 그런 존재.

사랑한다는 말로는 달이 기울지 않아
나는 손을 내밀었네.

당신이 아니면 의미 없는 모든 것들.

참 이상한 사람, 사랑

내 앉은키에 맞춰놓은 식탁의 높이가 당신에게 조금 낮지는 않을까. 아침밥을 먹다 문득, 일상에 당신을 들인다. 나쁘지 않은걸. 불쑥 식탁 앞에 비집고 들어 와 마주 앉은 당신을 바라보며, 기가 막혀 고개를 젓 는다. 사랑이라는 것은 참, 사람을 이상하게 만든다.

바람 부는 곳으로

사랑은 때로, 물밀듯 밀려와 가만히 서 있는 사람들의 옷자락을 휘청거리게 한다. 그러나 만약 그 휘청거림의 이유가 '감사하다' '행복하다' '벅차다'와 같은 것들이라면. 바닷바람이 부는 쪽으로 시선을 돌려, 그곳에서 내 쪽을 향해 웃고 있는 소중한 사람의 손을 꽈악, 붙들리라. 그리고 함께 바람을 맞아내리라. 있는 힘껏, 사랑하리라.

불씨

시간이 지남에 따라
불같았던 사랑이 조금씩 식어가며
더불어 서로에게 무뎌져 간다는 것은 참,
다행이다.
작아진 불씨를 지켜내기 위해 우리는,
더 큰 사랑을 시작할 수 있으니까.

점점

우리는 사랑을 시작하는 순간이 아니라,
하루하루 함께 하는 시간을 늘려감으로,
사랑하고 있다고 말한다.

사랑의 몇 가지 정의

볼을 쓰다듬기 전 먼저 뺨을 손바닥에 가져다주는 것, 눈이 마주치기 전부터 입꼬리가 함께 올라가는 것, 흑백사진을 찍어도 따뜻하게 출력되는 것.

외로워서가 아닌 너라서

사랑한다고 수백 번, 수천 번 말해도
헤어지자는 말 한마디에 뒤돌아서는 게 연인이라
한다지만,
그럼에도 한 번 더 사랑한다고 외쳤을 때
다시 돌아봐준다면.

나는 네게 순정을 다짐하고 싶다.

함께의 의미

그 사람과 네가 하나 된 것 같은 느낌은,
열기 어린 체온을 나눌 때만 아니라

곤히 잠든 너의 머리카락을 쓰다듬을 때,
뒤척이는 너를 돌려 머리를 맞댈 때,
혹여 네가 잠에 깰까
바스락거리는 이불을 덮지도 걷어내지도 못한 채로
잠이 들 때.

'우리는 함께했다'고 말한다.

현명하게 사랑하는 법

상대가 바쁜 것이 나를 외롭게 하기 시작했다면,
관계는 이미 금이 가고 있다는 증거다.
마음으로 응원하지 못하는 괴로움에 사랑은 없다.

나와 상대의 미래에 늘 함께 있을 것.
그 중간 어디 즈음에 생겨나는 무수히 많은 감정들에
지지 않을 것.
대화를 나눌 것. 머릿속 생각들을 공유할 것. 전달할 것.
상대와 나의 마음이 반드시 '모두' 편안해질 것.
가끔 미안해하되, 언제나 고마워할 것.
결론은 늘 '사랑'일 것.
그럼으로 비로소 각자 해야 하는 일들에 집중할 수
있도록, 절대 그 시간들이 외롭지 않도록 믿음을 채
워줄 것.
홀로 남은 새벽을 외롭게 하지 말 것.

마지막으로 서로의 꿈을 '아낌없이' 응원할 것.

반드시 곁이어야 하는 존재

사랑이란 놈은 참 얄팍했다.

우리가 서로를 격렬히 끌어당길 때는 보이지 않던 수많은 서로의 문제들이, 사소한 이유로 적나라하게 다가와 서로를 힘들고, 지치고, 당혹스럽게 했다.

그래서 우리는, 아니 '그러므로' 우리는 처음보다 더 서로를 끌어당겨야만 했다. 곁에 없음은 상상할 수 없었으므로.

그렇게 우리는, 현명하게 사랑하는 법을 배워가는 중이라 서로를 다독이면서.

함께하던 미사여구

사랑이 무얼까,
묻는 당신의 품에 고개를 묻었다.
사랑한다, 속삭이는 목소리를 뒤로한 채
품 안에서 온전한 당신의 냄새를 맡는 것.

기대었던 당신의 품에서 내 몸을 떼어냈을 때
마주친 눈. 눈빛.
무어라 말하고 싶지만 아끼고 싶어 다물었던 입.
아끼고 싶던 마음. 천천히 함께하고 싶던 생각.
마주한 손. 그런 것. 그냥, 그런 것.
함께하던 많은 미사여구.
설명하기에 너무나 어려운, 그런 사랑.

시작

감히 사랑의 시작을 의심해본다면,
상대에 대한 내 바람보다
그 사람의 불편함이 더 먼저 떠오를 때.
내 안의 많은 것들이 혹여 상대에게 불편함을
주지는 않을까,
망설이게 되는 순간.

혹여 이 마음을 나 자신보다, 당신이 더 먼저 알게
되면 어쩌나 걱정하게 되는 나를 마주할 때.

이상한 여유

어쩐지 나는 한시름 놓아져 버려, 시답잖은 농담을
건네는 이상한 여유까지 부리고 있었다. 그렇게 벽돌
하나를 쌓는 것이다. 사람을 만난다는 것은.

어느 날, 네가 왔다

창밖에 비가 내린다 하여 한 번도 우울해본 적 없었다.
겨울에 함박눈이 내린다 하여 한 번도 설레어본 적
없었다.
비는 구름이 모여 내리는 것이고, 눈은 그 비가 얼어
내리는 조각일 뿐이라고, 사람들이 목석이냐 놀릴 만
큼 덤덤했다, 나는.
그런 내게 봄이 오면 꽃을 한 번 더 쳐다보게 하고,
가을이 오면 시들어가는 나뭇잎에 쓸쓸함을 느끼고,
창밖에 흰 눈이 소복소복 쌓일 때 온 세상이 하얗고
포근하다는 생각이 들던 어느 날.

너는 그렇게 내게 왔다.

휘황하게

회색 도시에
당신의 향기가
파스텔 가루처럼 흩날려
온 거리를 물들인다.

겨울에 사랑

봄에만 좋은 사람 말고
겨울에도 좋은 사람 만나.
꽃이 져버려 가지 끝이 시려 와도
함께 눈을 맞아주는
너와 눈을 맞춰주는
그런 사람 곁에 있어.

그게, 사랑이야.

당신과 나 사이, 중요한 것들

함께 사랑하기로 했던 상대에게 나보다 중요한 것들
이 늘어간다면, 그 중요한 것들에게로 보내줘 보라.
중요한 것들보다 내가 중요해진다면, 그는 나로 인해
사랑을 배울 것이고, 그것들에 머무른다면 너는 방금
불필요한 연을 하나, 끊어냈을 뿐이니.

우리는 한 번도

생각해보면 우리는 한 번도, 우리의 미래에 이별을
두지 않았다.
그래서, 사랑이었다.

미리 배워놓고 싶은 것들

"생각해보면 늘 평화로울 수는 없었어요.

모든 연애가 그렇듯, 울기도, 싸우기도, 서로의 몰랐던 모습에 실망하기도, 또 그 때문에 상처받기도.

돌이켜 생각해보니 어쩌면 당연함이었어요. 그런 건.

친구와도 엄마와도 형제와도 그러는데,

수십 년을 따로 지냈던 두 사람이 잘 맞지 않은 건 당연한 거였어요.

왜 이런 건 그 사랑이 끝나야 알게 되는 걸까요.

왜 사랑을 하는 중간에는 그 당연한 것들이 욕심나고,
서글퍼지는 건지. 조금도 여유롭지 않은지."

뒷모습

사람의 뒷모습을 움켜쥐고 있는 것만큼
무너져 내리는 마음은 없다.
뒤돌아 봐주지 않으면,
그 사람은 내 표정조차 알 수 없기에.

이해, 서운함의 영역

이해는 이해고, 서운함은 서운함이다.
이해는 이성의 영역이고,
서운함은 감정의 영역이기 때문이다.

따라서,

'이해는 하는데 서운하다'는 말은,
모순이 아니다.

진심을 마주하는 순간

그리움이 자존심보다 커질 때,
우리는 가끔
서로의 진심을 눈치챈다.

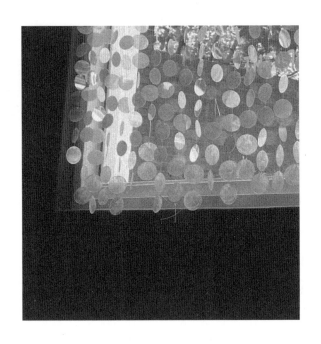

숨길 수 있다면

들키지 않고 사랑하는 방법이 있다면, 쓸쓸함도 숨길
수 있게 될까.

연락의 빈도

사실 우리가 상처받는 이유는 단순히 연락이 늦어져서가 아니라,

연락의 빈도가 사랑의 크기에 비례한다고 믿기 때문은 아닐까. 혹은, 사랑받지 못하고 있다는 무언의 확신 때문이거나.

어느 쪽이든 참, 어렵다.

사랑을 주는 것도, 또 받는 것도.

그리고 이 모든 것들에 집착하지 않는 것도.

떠나지 않으리

우리는 언제나 불안하다.

어제 시작한 새로운 만남도, 그 사람에게 처음 털어놓은 나의 치부도. 어쩌면 새로운 것들은 늘 불안하게 한다.

말이 잘 통하고 마음으로 위로받아버린, 눈앞에 나타난 새로운 관계가 유난스럽게도 벅차다. 그리고 또, 그만큼 불안하다. 지나온 여타의 많은 관계처럼 위로받은 만큼 상처받지는 않을까 두렵고, 그런 자신을 스스로 다독이지 못해 나약하다.

그래도, 그래도 또 살아가야겠지. 믿어보아야 하겠지. 불과 어제 시작된, 알고 지낸 지 십 년은 더 된 것 같은 새로운 만남을.

그래, 그래야 더불어 살아갈 수 있는 것이야.

괜찮다,
괜찮아.
떠나지 않으리.

사랑의 공기

사랑하는 것을 숨기지 않으면 적어도, 짧게 느껴질지
도 모를 그 시간, 순간들에라도 사랑이 머문다.

마음이 건넨 쪽지

마음을 다해 사랑할 것이다. 무조건 그렇게 할 것이다. 이러한 마음이 쌓이고 쌓여 결국, 그것을 실현하게 되는 것이라 믿기 때문이다.

두려워하지 말 것, 매 순간 최선이 아닌 최고의 사랑을 베풀 것, 물러서지 않을 것, 사랑 또 사랑할 것.

그리고 무엇보다 이 모든 생각을, 구석에 박아두지말 것, 언제나 곁에 두고 꺼내 볼 것, 잊지 말 것. 그래서 진짜 인연이 다가왔을 때, 조심스레 '이게 사랑이야'라고 건네줄 것.

마지막으로, 반드시 행복할 것.

기도

인생의 긴 항해를 마쳤을 때 그곳에 우리가 있다면 좋겠어. 우리의 여정이 끝나지 않기를 바라. 함께 새로운 여행을 떠나길 원해. 이런 내 마음이 나만의 욕심이 아니기를 기도해.

두 손 걸고

"생각해보면 인생이 참 재밌지. 많은 일들을 겪어왔
어도 돌아가고 싶은 순간이 없다는 건, 후회 없이 살
아왔고 살아가고 있다는 증거야. 모든 일들에는 다
그만한 이유가 있었을 테니까. 무수히 많은 별들이
당신의 인생과 함께 할 거야. 이곳을 떠나는 날까지,
반짝반짝 빛나다가 가자."

Chapter 2

외로운 것들에 지지 않으려면

마음의 표정

마음이 아프다는 것은
온종일 미간을 찌푸린 채 사는 것과 같다.
마음이 어디에 있는지 알 길이 없어
이렇게밖에 적어 내려갈 수 없다.

우리가 우리였던 때

그 언젠가의 우리를 생각한다.

우리가 우리였던 그때를. 지난한 시간들을 함께 다니며 거리 곳곳을 우리의 냄새로 채우던 나날을. 비가 내리는 밤이면 축축한 어깨에 내려앉는, 눈 내리는 겨울이면 두터운 코트 자락에 녹아드는, 오늘처럼 지나치리만큼 고요한 새벽이면, 꼭 마주 잡은 손 사이로 스며드는 당신의 온기를.

몸을 한껏 둥글게 말아 킁킁 그날의 냄새를 맡는다. 쉬이 잠에 들지 못한다. 나도 모르는 사이 꽁꽁 숨겨뒀던 마음이 이불 밖으로 달려 나간다. 당신을 향해 뛰쳐나간 그리움을 어르고 달래서 겨우 손에 쥔 채 눈을 감는다. 당신에게 묻는다. 그쪽의 새벽은, 어떤 냄새냐고.

이름을 붙이다

적막한 밤을 잠으로 대충 때우고 눈을 떴을 때,
어렴풋이 만져지는 생각들 사이로 불어드는 차가운
바람, 식어버린 시간, 고요한 기억의 공기, 그리고 그
것들로 인해 움츠러드는 거울에 비친 내 모습을 나
는, 외로움이라 부르기로 했다.

있었던 일

이별이 슬픈 이유는
당신과 내게도 사랑했던 시간이 있었다는 것을 기억
하는 사람이 이제는,
나뿐이라는 것을 알고 있기 때문이다.

이기는 싸움은 없다

노력의 상대성과 욕심의 입장 차이가
오해를 낳고, 상처를 키운다.
나의 아홉 수의 노력이, 상대에겐 한 수만큼도 느껴
지지 않는다거나
내겐 당연한 마음이, 상대가 보기에 너무도 큰 욕심
으로 비칠 때에
우리는 서로 말을 나누지 않고도, 무언가를 만들어
낸다.
그리고 그 무언가는, 삽시간에 서로를 파고들어 아프
게 할퀸다.
그래서 사실은, 이기는 싸움 같은 건 없다.
우린 결국 모두, 다쳤기 때문으로.

어떤 노력

사랑의 감정을 믿지 않게 되었다는 말은 곧,
감정에 휘둘리지 않으려 애쓰고 있다는 말과 같다.

마음이 아플 땐 고개를 들어 하늘을 보곤 했다

횡단보도 앞에 풀썩, 주저앉고 싶다는 생각이 들었다. 즐비하게 서 있는 나무들 사이로 빛이 숨을 들이쉬었다 내쉬었다 한다. 빛의 숨을 느끼기 위해서라도 나는, 보도블럭 위에 발자국을 올린다. 내가 걸어야, 해가 따라 오는 것이니.

막막함은 때로 머리 위를 쳐다보게 한다.
빛은 언제나, 숨을 쉬고 있으므로.

안 올 거

어차피 잠도 안 올 거, 목이나 적시려 부엌으로 갔다.
어차피 너도 안 올 거, 맘이나 적시려.

갈 곳이 없다.

사람이란 게 참, 무지하다.

잃어보았으니, 괜찮다

사실 그런 거다.
'사랑했으니' 그걸로 된 거다.
그러나 머리로는 빼곡히 이해하고 있는,
너무나도 당연한 사실들이
실전에 부딪히면 왜 그리도 억울하고,
서글퍼지는 건지.
어쩌면 모두가 겪었을 과정들이 왜,
내게만 해당하는 것처럼 느껴지는지.
그러나 우리들에게 말하고 싶다.

사랑했으니 그걸로 된 것처럼
잃어보았으니, 그걸로 됐다고.
앓아보았으니 우리는, 다음번엔 조금은

만회할 몇 가지의 실수가, 줄어들었으리라고.

누군가에게 매력 있는 것

매력 있는 것과 '누군가에게' 매력 있는 것은 엄연히
다르다. 보통의 우리는, 후자 때문으로 울고 웃는다.

사랑받았어야 했을 것

사랑할 것을 사랑했다고 생각했다.
그리 생각한 후로 두어 계절쯤은 편안했다.
그러나 간과한 것이 있었다.

사랑받았어야 했을 것을 염두에 두지 못했다.

사랑받고 싶은 만큼, 상처받을 준비

사랑을 시작한다는 건, 상처가 부록으로 달려오는 것
과 같다.
사람들은 흔히 사랑에 빠졌다가 그것이 끝나버리면
상처받지 않을까,
먼저 두려워하곤 한다.

그러나 대부분의 사람들이 놓치고 있는 것이 있다.
사랑은 '언제나' 상처를 동반한다는 것.
사랑이 시작됨과 동시에 언제든 우리는
그것이 끝나서가 아니라,
사랑하고 있기 때문으로 서로에게 상처를 남긴다.

사소한 무언가로부터의 서운함, 사랑의 깊이가 깊어
질수록 더 크게 느껴지는 서러움, 불안함 등의 여타
많은 감정들이 상대와 나 사이를 후벼 파고들어와

생채기를 낸다.

그래서 사랑의 뒷면에는 언제나 이별이 등을 맞대고
있다.
아주 한 끗 차이로 아슬하게.

그러니 만약, 당신이 사랑받고 싶거든
반드시 품고 가야 할 것이 있다.

사랑하고 싶은 만큼의, 상처받을 준비.

사랑받고 싶은 만큼의,
상처받을 준비 말이다.

온전히 바라보기 위하여

그게, 실은 조금은 떨어져 있어야 해.

그래야 형체를 온전히 바라볼 수 있어. 그게 무어든.

아무리 밝은 빛이라 하여도 그곳이 따스해 지나치게

가까이 가면, 눈을 뜰 수 없게 돼.

혹은, 상대의 얼굴을 자세히 들여다보려 다가갈수록

더 잘 보이지 않아. 흐릿해 보이거든.

만약 당신이 지금 얻고 싶은 무언가가 있다면,

혹 그게 누군가의 마음이라면 더더욱, 한 발자국만

뒤로 물러서.

선명한 전체를 인지하지 못한 채 관계를 시작하는 건,

시야가 흐려지는 것만큼 위험할지도 모르니까.

하물며 오래 함께하고 싶은 사람이라면 상대도 나를,

있는 그대로 온전히 인식할 수 있게 해주는 게, 조금

은 현명할지도 몰라.

마지막 열차

"이곳에도 열차가 오나요?"

막차가 언제 끊기는지 모르는 S의 목소리였다.

"찾아보시면 되잖아요."

퉁명스러운 J의 목소리였다.

"두려워서요, 정말 마지막을 보내버린 거면 어떡해
요."

"날이 밝을 때까지 기다리면 되겠죠."

어둠이 짙다, 밤이 깊다는 말은, 단순히 날이 밝지 않
아서 두려운 말이 아니다. 날이 밝을 것을 알면서도
지금 이 순간, 눈앞에 나타나지 않는 마지막 열차가
야속하기 때문이고, 혹여 조금 전 지나쳐 보내버린
열차가 실은 마지막이었을지도 모른다는 두려움 때
문이다. 그래서 자꾸만 묻고 싶은 거다.

이곳에도 아직, 열차가 오느냐고.

사실은

사실은 그랬다. 그 사람이 사랑에 빠지면 어떤 모습으로 변하는지 알고 있어서, 다른 사람 옆에서 웃고 있는 그 사람을 보는 게 심통이 났다. 내가 미처 보지 못했던 사랑을 줄까 봐. 충분히 더 큰 사랑을 줄 수 있는 사람이라는 것을 너무나도 잘 알고 있으니까.

그럴 수밖에

나를 좋아해주지 않는 당신은 조금 미운 사람일 뿐입
니다. 그러나 미움은 내가 만든 마음이고, 당신이 좋
은 사람이라는 것은 변하지 않는 사실이기에, 나는
오늘도 여전히 당신을 사랑할 수밖에 없습니다.

우산의 소원

어쩌면 그 사람에게 나는 '비 그친 후의 우산' 같은
존재였을지도 모른다. 비가 올 때는 없어서는 안 될
존재였는데, 비가 그치고 나니 손에 들어도 가방에
넣으려 해도 거추장스러워져 버린. 하지만 그를 알면
서도 나는, 그 사람의 인생에 다시는 비가 내리지 않
았으면 좋겠다고 생각한다. 그 사람이 더는 춥지 않
기를 바란다. 나를 다시 찾지 않아도 좋으니, 그 사람
의 인생에는 해만 쨍쨍했으면 좋겠다.

그거면 돼

어쩌다 한 번씩 가라앉는 건, 그저 잠시 고개를 묻고 앉아 쉬고 싶어 그런 거야. 그러니 한 번쯤은 가라앉아도 괜찮아. 바닷속에도 땅은 존재하니까. 그저 잠시 눈을 감고 걸으면 돼. 그거면 돼.

나이 듦의 서글픔

나이 들어가는 것이 때로 서글픈 이유는, 문제를 해
결할 방법을 알고 있지만 늘 그 방법을 쓸 수 없다는
것 또한 깨닫기 때문이다.

심

지갑 속 마구잡이로 구겨져 있는 영수증을 보니 괜스레 마음이 꾸깃해진다. 평소에는 신경조차 쓰이지 않던 그들이, 지하철을 타기 위해 꺼내려는 교통카드의 앞길을 막는다. 이것 참, 별것 아닌 일인데, 이를 핑계삼아 우울을 탕진하자니 모든 지나온 일이 별것 아닌 일이 되는 것만 같고, 애써 웃어넘기기엔 구겨진 영수증 속 숫자들이 가엾다.

별 수 없어 제자리에 그대로 선 채, 카드를 막아서고 있는 그들 중 가장 앞선 놈을 꺼내 읽는다. 적나라하다. 숫자들 사이에 위치한 무수히 많은 쉼표들이. 응, 33,000원어치의 술자리가 있었고, 3,000원짜리 김밥 두 줄에 980원짜리 컵라면을 저녁으로 때웠군. 꽤 급한 일이었나 보네. 짧은 거리인데 택시를 잡았고 올 땐 걸어왔나, 영수증이 없다.

쉬어가라고 찍어두는 쉼표인데,
영수증 위에 찍혀진 그들의 숨은 너무도 가쁘다.
인생이 버거운 건 어쩌면, 세상에 존재하는 것들의
가장 기본적인 의미를 지키지 못한 채 살고 있기 때
문일까.

오늘따라 쉼표의 끝이 유독 날카롭게 느껴진다.
한 숨 고르기 위해 우리는 이토록
날 선 채 사는구나.

불안의 가치

사실 생각보다 사는 방법은 간단하다.

졸리면 계속 졸려 하거나 잠을 자면 된다.

귀찮으면 계속 귀찮아하면 되고, 아무것도 하기 싫으면 아무것도 하지 않으면 된다. 그런데 인간으로 살아간다는 건, 언제 스며든지도 모르게 돋아난 '불안'을 마음 한쪽에 품고 사는 연속인 것 같다.

그래서 모든 것들을 그대로 있지 않게 하려 아등바등하게 된다.

이를테면, 아무것도 하기 싫어도 무언가를 해야 한다고 여기거나, 쏟아지는 졸음을 애써 끔뻑 참아가며 눈앞에 놓인 무언가를 매듭짓는다거나, 하는. 그래서 살아간다는 건 생각만큼 간단하지는 않다.

불안함을 극복하면 되지 않느냐고 묻는다면, 그건 극복해야 할 문제가 아니라 인생 일부로 언제나 남겨두는 게 낫지 않느냐고 답하고 싶다. 나태한 삶이 될지도 모르니까. 간혹, 짓눌리는 불안감으로 너무나 지친다면 잠시 내려놓으면 되니까.

단, 다시 일어설 때는 반드시 잊지 않고 챙겨 메야 할 것이다. 그게, 불안이 삶에 공존하는 모습이다.

혼자인 습관

부담스럽게 하고 싶지 않아
혼자 견뎌왔던 모든 일이 습관이 되었을 때.

자립심이 강해져 남들보다
성숙한 인간이 되어 있을 거라 자부했는데
그냥 나는,
함께 살아가는 법을 잊은
'너는 원래 강하잖아.'라는 말이 꼬리표처럼 붙은
남들과는 다른 사람으로
홀로 서 있었다.

어렸을 적엔 홀로 서 있는 어른을 보며,
'아, 멋지다'고 생각했었는데

그런 눈으로 올려다보는 아이를 보며 묻는다.

너는 기대는 법을 아느냐고.

나는 꽤 오래전, 그러니까 딱 너만 했을 때 이후로,

잊은 것 같다고.

너는 그리 크지 말라고.

참, 외로운 일이라고.

인생은 얄궂다

인생이란 참 어렵다.
닿을 듯 말 듯 간절했던 무언가로
몇 날 며칠 밤을 새우고
울었던 것 같은데.

존재조차 까맣게 잊어갈 때쯤,
당연하게 내 손으로 들어오기도 하고

당연하게 내 손에 쥐고 있던 무언가를 놓치곤,
또 몇 날 며칠 밤을 새우고 울기도 한다.

참, 어렵다.

간절함, 그뿐

사랑이 이것밖에 안 되냐고 생각하여 슬픈 것이 아니었다. 사랑받고 싶어 발버둥 치는 꼴도 아니었다.

단지, 아직도 자존심에 둘러싸인 나를 보는 게 창피했고 그것을 '스스로 보호할 수밖에 없어 그렇다'고 핑계 대는 게 우스웠다.

더 쓸쓸한 것은, 함께하고 싶다는 생각은 시간이 흐르는 것이 아까울 만큼 머리 위에 둥둥 떠다닌다는 것이다. 흘러가는 구름 위에 얹어두기에는 너무나, 간절하다는 것이다. 그뿐이다.

이별이 힘든 이유

이별이 힘든 이유는,

너 없이 아무것도 할 수 없어서가 아니라
어느 곳도 네가 없었던 적이 없기 때문이다.
그것이 이제 현실이라는 것을 마주하기에
아직은 아프기 때문이다.
그러나 가능하면 아주 오래, 앓고 싶다.
아픔으로나마 내 곁에, 묶어두고 싶어서.

아픈 대로 두고 싶기, 때문이다.

내 마음의 변수

연인관계에 있어, 조금 더 참아주고 조금 더 믿어주는 쪽이 상대를 더 좋아하는 것이라 믿었다. 그래서 나는 항상 조금 덜 참고, 조금 덜 믿었다. 훗날 우리의 관계가 끝나더라도 조금 덜 상처받기 위해.

나의 시나리오는 완벽했다. 그것은 분명히 그대로 흘러가리라 자부했다. 그리고 사랑이 끝나갈 무렵, 아니 정확히 말하면 그 사람의 사랑이 끝나갈 무렵, 나는 깨달았다.

사람 사이의 관계라는 건, 나의 건방진 시나리오대로 흘러가주지 않는다는 것을. 나는 내 마음의 변수를 염두에 두지 못했음을.

이별의 시작

'네가 보고 싶다'는 내 마음을 표현하는 것이 눈치
보이는 순간,
너와의 이별이 시작되었는지도 모른다.

나는 그곳에 없었다

당신이 나를 잠시 잊고
중요하다고 말했던 약속을 지켜내는 동안,
당신이 나에게 한 약속을 잊고
조금 전 생각난 조금 더 중요한 일을 하는 동안,
나는 조금씩 마음을 추슬렀어.
그리고 마침내,
당신이 모든 나보다 중요한 일들을 마치고 내게 찾아
와 환하게 웃을 때에
나는 그곳에 있으면서도 없었어.

내가 나를 찾고 싶어졌을 때, 당신은 나를 잃은 거야.

익숙함이 끊어진다 하여도

뫼비우스의 띠도, 띠야. 끊어진다고.
반복되는 삶이, 사랑이, 끊어졌다 하여도
이상한 게 아니라고.

어느 날

미안하다고 말하는 너를 붙잡고 나눴던 수십 번, 수
천 번의 대화 중에 있었겠지. 너의 곁에 머물 수 없겠
다고 다짐한 어느 날이.

소리 없는 이별

서로에게 더는 위로의 말을 건넬 수 없게 되었을 때,
우리는 깨달았다.
이미 소리 없는 이별을,
몇 차례나 지나쳐왔다는 것을.

꽃길을 걷다가

가끔,
꽃향기를 맡으며 걷는 것만으로
눈물이 터질 때가 있다.

만발한 꽃길을 걷고 있는데도,
전부가 당신이어서 무너지는 때가.
있다.

서늘한 기억

밤하늘도 어느새 깊어졌다. 깊은 계절은 아침저녁으로 서늘한 마음을 싣고 온다. 정리되지 못한 생각들이 구름 위에 글자를 수놓는다. 기억이라는 게 이렇게 힘이 세다.

선의의 거짓말

선의의 거짓말도, 거짓말이다.
어쨌든 상대방은 진실이 아닌 것을 진실로 믿고 있기 때문이다.
하지만 우리가 구태여 그것을 '선의의'란 이름을 붙여 구분하는 이유는, 적어도 그 순간만큼은 소중한 사람이 다치지 않기를 바라기 때문이다.
그건 아마 '먼저' 알게 된 사람이 상대를 배려하는 '착한' 마음일 테지.

먼저 선, 착할 선.

후회

곁에 있을 땐 이해하지 못했던,
아니, 어쩌면 이해하고 싶지 않아 외면했던 것들을,
상대가 떠난 후에야 비로소 깨닫는다.
그리고 우리는 이것을,

후회라고 부른다.

혼자 있는 마음

아무도 없는 곳에 혼자 있고 싶은 순간이 있다.
사실 그러한 날은 모순되게도,
지독히 혼자 있기 싫은 마음이 함께한다.
솔직해지자면, 내 이야기를 늘어놓을 힘이 없기 때
문이다.

그래서 우리는
정말로 혼자 있고 싶은 것이 아니라,

말을 하지 않아도 알아주길 바라는 것인지도, 모른다.

외로운 것들에 지지 않으려면

인간관계에 회의감을 느끼면서 얻은 관계에 대한 몇 가지 깨달음이 있다면.

오랜만에 만나도 어색하지 않은 사이는 없으며,

혹 어색하지 않다면, 두 사람 중 한 사람의 노력으로 관계가 지속되고 있었다는 것이다.

이는, 둘 사이에 있어 '노력'이라는 단어가 공존하지 않는 한, 나이가 들수록 점차 그 관계를 전처럼 유지하기는 어려워진다는 의미다.

학창시절에 늘 붙어 다녔던 친구라 해도, 사회에 나가 경험하는 일상의 허덕임과 인생의 버거움, 쫓기는 듯한 매 순간. 그 사이 모자란 시간을 쪼개서라도 상

대를 만나고자 하는 각자의 '노력'이, 나이가 들어갈
수록 더 요구된다는 것.

그래서 우리는, 더는 대가 없는 관계를 바랄 게 아
니라, 관계를 유지하고 싶은 만큼은 노력해야 한다
는 것.

말하지 않아도 알아주길 바라는 마음 또한, 좀 더 자
주, 상대를 만나 자신의 이야기를 하고 난 뒤에 가져
야 한다는 것.

인간관계는 어렵다. 하지만 꼭 필요해.
모든 외로워지는 것들에 지지 않으려면.

소중한 사람에게 '다른 사람'이 되는 순간

"그래도 있잖아. 네가 그러면 안 되지. 나도 알아, 내가
문제인 거. 내가 잘못되었고 또 그렇게 행동한 것도.
그래도 있잖아, 내 이야기이고, 너에게 내 입으로 말
했을 땐, 적어도 수많은 채찍질 중 하나가 되어달라
는 게 아니라, 너만큼은, 그냥 아주 잠시라도 세상이
멈춰버린 것처럼 '네 잘못이 아니야.'라고 해줬으면
싶었어. 그냥 그랬어.
네게 내 이야기를 늘어놓은 게, 또 하나의 채찍질이
될 줄 몰랐던 나 자신이, 내게 상처를 준 수많은 사
람 중 가장 상처준 사람이야. 그래, 전부 내 탓이야."

전화기 너머로 깊은 침묵이 흘렀다.
찰나의 순간, 그녀와 내가 쌓아온 '함께'라는 시간이
눈앞에서 무너져 내리는 것을 느꼈다.

전부 마음에 들지 않았다.

그녀가 이해할 수 없는 사랑을 시작하던 순간도, 또 얼마 가지 못하고 끝나버린 지금도. 무엇보다 뻔히 눈에 보이는 길을 헤집어 들어가곤, 이제 와 상처받 았다고, 아프다고 말하는 그녀가. 그래서 그랬다. 내 가 할 수 있는 한 모든 이성과 논리를 끌어다 모아, 그녀를 향해 쏘아붙였다.

한 번, 두 번, 그녀는 연신 "그래 맞아." "맞아. 그러지 말았어야 했어."라는 말로 나의 말에 동의를 표했다. 나는 그녀의 반응에 힘입어, 그동안 하지 못했던 마 음속 답답함을 그녀에게 가감 없이 풀어헤쳤다. 마치 '그래, 너 어디 그 말도 안 되는 사람과 헤어지면 보 자.'고 벼르고 있던 사람처럼.

한참을 내 말에 동조하던 대답의 빈도가 점차 줄어들고 있음을 눈치챘을 땐, 이미 늦은 후였다. 내가 쏘아붙이는 동안, 그녀는 전화기 너머 파노라마처럼 지나가는 우리의 시간을 곱씹곤, 처음으로 돌아가 한 장씩, 한 장씩 정리하고 있던 걸지도 모른다. 아차, 싶었다. 아, 이럴 줄 알았더라면 전화 말고 얼굴을 보고 얘기하자고 할걸.

전화기 너머 들려온 그녀의 마지막 말은 눈앞을 더욱 깜깜하게 만들었다.

"나는 그냥 네가 지금 나를 만나러 와주길 바랐고, 그렇지 못하는 상황이더라도 단지, 그 마음을 너는 알아줄 거라 믿었어."

표정조차 알 수 없는 이까짓 전화기 하나로 나는 대

체 그녀에게 무얼 가르치고 싶었던 걸까. 내가 쏟아
부은 말 중, '틀린' 말은 하나도 없었지만 그녀에게 나
는 '다른' 사람이 되어버렸다.

적당한 관계

가끔은 적당한 관계로부터 오히려
편안함을 느끼는 때가 있다.
서로 자주 연락을 주고받지 않아도 서운해하지 않
으며,
뜬금없이 연락해도 계산 없이 내 이야기를 늘어놓을
수 있고,
혹여 이 이야기를 꺼내는 바람에 하루하루 내 걱정으
로 살면 어쩌나, 하는 고민을 하지 않아도 되는.
그래서 우리는 가끔, 가족이나 가장 친하다고 믿는
친구들에게도 털어놓지 못하는 이야기를 다른 누군
가를 향해
'임금님 귀는 당나귀 귀'라고
외치고 싶은 날이 있는지도, 모른다.

누군가에 대한 의리

나이가 들어가며 드는 생각은
관계에 있어 가장 중요한 것은 '의리'이며,
더불어 한 가지 깨달은 것이 있다면.
끝낼 수 있을 때 관계를 끊어내는 것이
'나에 대한 의리'를 지키는 방법일 때도 있다는 것
이다.

때로 삶에서 중요한 것은
상대와의 의리가 아니라,
상대와 '나' 사이의 의리를 지키는 것.

덤덤한 것은

덤덤한 것은 말 그대로 덤덤한 것이지
괜찮은 것이 아니다.
덤덤하다는 말은
익숙해져 무뎌졌다는 것이고
이건 때로, 괜찮지 않다는 말보다 더
아픈 말이다.

때때로 뻔함으로 안심한다

뻔하다는 말은, 삶 속 깊이 부정으로 자리 잡았다. 사람들은 싫증 나고, 지겨운 무언가를 두고 흔히 '너무 뻔하잖아.', '뻔히 보이는 결말이네.' 등과 같은 말을 내뱉는다. 지겨움이 섞인 탄식과 함께.

가령, 크리스마스가 다가오는 즈음에는 음원 목록이 하나둘, 캐럴로 바뀐다거나. 드라마 속 주인공들은 결국 사랑의 결실을 보게 된다거나, 하는.

그런데 참 이상한 노릇이다. 사람들은 이런 것들을 두고 뻔하다고 싫증을 내는데, 왜 사라지지는 않는 걸까. 아마 탄식 섞인 공기층 속에 누군가는, 그로 인해 안심하고 있기 때문일지도 모른다. '아. 곧 있으면 캐럴이 울려 퍼지겠구나. 조금은 좋은 일이 생길지도 몰라.' 라든가, 혹은 '오늘 그 드라마 마지막 회인데, 행복한 결말이었으면 좋겠다.' 라든가 하는 기대로.

누구나 느끼며 살아가듯, 삶이 모두 내 맘 같지는 않

으며, 하루하루 조금도 같은 날이 없다. 들쭉날쭉하다는 얘기이고, 한 치 앞도 예측할 수 없다는 뜻이다. 그러니 한편으론, 어디에선가는 조금은 뻔해주길 바라고 있을는지도 모른다. 아무것도 모르겠으니까, 한 가지쯤은 '그거 아마 이럴걸? 뻔하잖아.'라고. 이게 정답이라고. 확신할 수 있는, 그런 것을 말이다.

괜찮다

'그래도 사랑했음'에
그 사랑이 '당신이었음'에
다행이었다고
다독일 수 있다면.
삶 일부로,
이별 하나쯤 두어도 괜찮다.

내 마음에게

책임을 묻지 않기로 했다.

모든 외로운 것들은, 상대의 무심함만으로 생기는 것

은 아니므로,

나도 내 마음을 들여다보지 못한 결과이므로

나는 그에게 책임을 묻는 대신,

내 마음에 묻기로 했다.

지금 그대로, 괜찮니.

여전히 하지 못한 것

재채기가 멎었고, 눈꺼풀이 감겼다. 모든 느려지는
것은 끝내 제 움직임을 멈춘다.
이별에도 종착점이 있다면.

떨고 있는 새 한 마리를 보았다

바들바들 떨고 있는 새 한 마리를 보았다.
다가가도 도망가지 않고 멀어져도 따라오지 않았다.

그 자리에서 부리로 바닥을 콕 콕
그저 같은 자리만 연거푸 찍고 있더라.

자세히 바라보니 날개 한 쪽이, 거뭇하게 헐어 있더라.
반대편 날개 한 쪽은 아직 성한지도 모른 채 그저
한 쪽 날개가 상해버렸다는 이유로
날 수 없다 여기는 듯하더라.

비가 툭 툭 내리더라.
안쓰러운 머리맡에 빗방울이 톡 톡 박히더라.
그 작은 체구에는 너무도 큰, 방울이더라.

마음이 아파 가까이 갔다.

오른쪽 검지손가락으로 부리와 이마 사이를 연신 쓰다듬었다.

여전히 바닥을 콕 콕 부리로 찍더라.

시간이 흐를수록 알게 되더라.

나는 그저 이 녀석을 이대로 두고, 갈 수밖에 없겠더라.

그 행동을 멈추길 바라기보다

그저 비가 멈추기를 바랄 수밖에, 없겠더라.

미안했다.

머무네

마주 앉아 들여다보았던 눈동자의 색깔
바스락거렸던 이불의 질감
서로의 생일을 섞은 현관의 비밀번호

잔상처럼 머무는 기억들 속에서,
나는 여전히, 어른거리는 당신을 어쩌지 못한 채
살아가고 있다.

또 하나의 시작

나는 어쩌면 매일을 사랑했다.
당신께 머물던 날에는 함께 사랑했고,
당신께 머무를 수 없게 된 지금은,
홀로 사랑함으로.

그렇기에 이별은,
헤어짐이 아닌,
또 다른 사랑의 시작이다.

사라지지 않는다

우리는 흔히 설렘, 따뜻함, 간질거림과 같은 것만이
사랑이라 착각한다.
그러나 이별을 겪어본 사람은 안다.
사랑은 여러 가지 형태로 마음에 남는다는 걸.

그 사람을 향한 원망, 미움, 분노.
그런 것들의 이면에는 모두, 사랑이 침전해 있음을.

눈을 적시다

눈보라가 쏟아졌지.
머리 위로 수북했지.
괜찮니 묻는 이 있었나,
있었을지도 모르지
듣지 못했을지도.

사랑하는 이들이 멀어졌지.
추억 위에 서 있었지.
잘 지내 묻는 이 있었나,
있었을지도 모르지
멀어지지 않았을지도.

하루살이는 겁이 많았지.
정말로 하루밖에 못 사는 줄 알았지.
내일을 함께하자는 이 있었나,

있었던 것도 같았지.

늘 곁에 있었을지도.

젊음은 늘 미련하지.

자존심은 삶을 살게 하지 못하네.

그리운 것은 그리운 것이고

사랑하는 것은 여전히 사랑이라네.

보고 싶었나,

아무렴. 보고 싶었지.

여전히, 보고 싶고.

비밀수업

기대는 법을 잊은 것이 아니라
기대고 싶은 사람이 올 때까지
기대지 않는 법을 배우는 중이라고,

내 한 번의 고갯짓을 특별하게 만들어줄
소중한 사람을 위한 나름의 배려로.

동전 한 닢

지갑에 50원이 남아서 웃음이 났다.

집으로 돌아가려 역 앞에 섰는데

주머니를, 지갑 속을 아무리 뒤져도 50원밖에 없는
거야.

계단 위에서 박장대소했다.

사람들이 쳐다보는 거야. 미친 사람 아니냐고.

우스웠다. 인생이 동전 한 닢에 좌지우지되다니. 참
으로 우습지 않으냔 말이다.

사람들이 말한다.

역전을 통과할 생각이나 하라고, 어서 차비를 채워
목적지를 향해 바삐 움직이라고, 그래야 또 먹고 살
지 않겠냐고.

"아니, 나는 50원뿐이에요." 사방에 외쳐도 아무도,
누구도, 손 내밀지 않는다.

손 안에 맴돌던 동전이 맥없이 미끄러진다.

찰랑, 소쿠리에 동전이 떨어진다.

그러자 고개 숙인 노인이 말한다.

"그럴 거면 이리 내."

공존의 의미

타인의 삶에 귀를 기울일 줄 아는 것 또한 인간으로 살아가는 동안 배울 수 있는 위대한 가치이며, 그것을 얻기 위해서는 먼저 자신의 삶을 돌아보고 사랑할 줄 아는 여유를 배워야 한다.

아이러니한 것은, 그 '여유'라는 것 또한 타인과 함께해야 얻을 수 있다는 것이다.

우리는 때때로 지독히도 혼자이고 싶다는 생각을 하지만, 인간이라는 존재는 그렇게 살 수는 없다. 우리가 우주에 떠다니는 먼지는 아니기 때문이다. 공존의 의미는 그곳에 있고 이를 깨닫지 못하는 것은 삶을 외롭고, 탁하게 만든다.

외롭고, 외롭고, 깊숙이 외로운 것은 가끔 우리를 어떤 깨달음에 도달하게 하지만, 그렇지만, 그럼에도 불구하고 우리는 그 깨달음의 의미를 누군가에게 나누고 전달함으로써 행복을 얻는다.

혹자는 나눈다는 것이 삶에 불필요한 부분이며, 무의미한 가치라고 여기고 살아갈지도 모르겠으나 내가 믿는 가치는 궁극적으로 나눔에 있다. 그리고 나눔의 전제에는, 반드시 나의 행복도 포함되어야 한다. 그것이, 내가 진정으로 믿는 사랑이다.

언제든 다시

어떤 날엔 꿈을 꿨다. 그 옛날 읽었던 동화 속 주인공
처럼, 정말로 날개가 자라나려는지 어깻죽지가 간질
거렸다. 그러다 며칠 후엔 미처 자라나지 못한 날개
를 접었다. '언제든 다시 꾸면 돼.' 가슴속에 끌어안은
꿈에게 속삭이며 높이가 맞지 않는 불편한 베개에 얼
굴을 묻었다.

얼마간은 평온한 시간이 흘렀다. 그러다 폭우가 쏟아
져 내리는 장마철의 어느 여름 날, 나는 차창 너머로
빗속을 뚫고 어디론가 날아가는 새들을 보게 되었다.
그들은 사정없이 날아드는 비바람을 온몸으로 맞으
며 진전 없는 싸움을 하고 있었다.

나는 그들이 안쓰러워 창문을 열어 그들에게 소리쳤
다. '언제든 다시 날아가면 돼. 날씨가 화창해지거든.'
그들은 내게 말했다. 하지만 언제든 다시, 폭우는 온
다고. 빗속에 뛰어들지 않으면, 화창한 날의 가치를

알지 못한다고. 네 말대로, 언제든 또, 화창한 날이 올 테니 괜찮다고.

정말로 날개가 자라나기라도 한 것인지, 어깻죽지가 꿈틀거렸다.

Chapter 3

상처가 스미는 시간을 위한 말들

성장통

조금 속상한 밤이 있어요. 누구나 그런 날 있잖아요.
갑자기 무작정 달리던 다리가 쑤셔오고,
몸이 무거워지고, 미래가 두려워지고,
눈꺼풀이 내려앉고, 마음도 지치는 그런 날이요.
꿈속에서 달리기하는 것처럼 인생에 진전이 없는 것
같고,
한없이 가라앉고, 나 자신이 작아지고, 그런 날이요.

사람들은 그런 날을 두고 성장통이라 하던데
성장하는 동안에는 참, 별스럽게도 힘들고
아프잖아요.
뒤돌아보면 성숙해 있는 나를 발견할 거라고
다 알지만,
그래도 아직 성장하는 중인 우리는
참 아프고 힘든데 말이죠.

먹고사는 일이 힘든 이유

먹고사는 일이 힘든 이유는
웃고 있어야 하기 때문이다.
마음 놓고 무너질 수 없기 때문이다.

상처를 마주보는 법

눈물을 참아내는 순간이 늘어갈수록
어른이 된다는 막연한 생각 때문으로
울지 않으리라 다짐했지만
이미 눈 속 가득 차오른 물웅덩이를 외면하기엔
세상이 너무 뿌옇게 변해버려
차라리 토해내고 나서야 선명히 마주할 수 있게
된다는 것을
깨닫게 되었다.

내가 무엇 때문으로 울게 되었는지를
말이다.

우산

사실 우리는, 모자를 뒤집어쓰면 비를 어느 정도 덜 맞을 수 있다. 하지만 우리는, 모자를 썼다 하여도 한 손에 우산을 든다.
비를 맞고 싶지 않은 것이 비단 머리뿐만은 아니기 때문이다.

상처라는 것 또한 비슷한 것 같다.
혼자 견뎌내는 법을 어느 정도 알고 있지만,
우리는 온몸이 아프지 않기를 바라며,
누군가에게 우산이 되어 달라 손을 내밀게 되는 건 아닐까.
온몸이 비에 젖으면 몇 배는 더, 아플 걸 알고 있으니까.

그렇게 머리 위로 씌워준 우산 아래서

젖었던 마음을 말린다.

그리고 언젠간, 나만의 우산을 펼 준비를 한다.

당신이 빗속에 눈물을 숨길 때

내 우산을 살며시 건네기 위해.

미안함을 나누는 일

미안함을 나누는 것만큼
사랑을 돌려 표현할 바가 있을까.
입에 사랑한다는 말을 올려두지 않아도 우리는
눈으로 손짓으로 미간 언저리로 언제나
더 잘해주지 못해 미안함을 표한다.

'말하지 않아도 안다'는 것은
수신호처럼 서로의 마음을 꿰뚫는 것과 같아서
입에 담기 쑥스러운 여타의 간지러운 표현들 대신
등허리 한 줌 쓸어주는 것으로
반찬 한 점 올려주는 것으로
미안함을 표하는 누군가에게,

등허리에 얹어진 당신의 온기 어린 손을
되돌려 잡는 것

올려진 반찬 한 점을 한입 크게 베어 무는 것

아주 맛있다고 엄지를 치켜 올려주는 것들로

'미안해하지 말아요'라고, 답하는 것을 말한다.

조금, 괜찮은 위안

야속하게도 '힘들다'는 말은 어느새, 지극히 주관적인 말이 되어버렸고 그래서 우리는, 그 말을 이해는 하지만 온전히 공감할 수는 없게 되었다.

하지만 인간이란 모름지기 환경에 적응하며 살아가는 사회적 동물인지라, 비록 온전한 공감을 나누지 못할지라도 "그래. 너도 힘들겠다."라고 조금은 의례적일지 모를 인사를 건네는 법을 배웠으며, 그건 또 그 나름대로 위안이 되곤 한다.

그래서 참, 다행이다.

뫼비우스의 띠

J : 너무 많은 생각을 하면 상대를 놓쳐요.

H: 너무 많은 상대를 놓쳐서 생각이 많아요.

바보들이 사는 세상

J : 상대가 준 상처들을, 시간이 흘러 뒤돌아보았을
때 희미하게나마 웃을 수 있는 날이 온다 하여, 나
를 아프게만 했던 그 시간을, 인생이 주는 선물이
었다고, 값진 경험이었다고, 그 때문에 내가 조금
더 성장할 수 있었다고, 그렇게 생각하기 싫은 날
있지 않아? "개뿔 값지기는. 할 수만 있다면 통째로
없애버리고만 싶은데." 뭐 이런 거 있잖아.

K : 그럼 넌, 아직 그 시간 안에 있구나. 그것만큼 아
픈 일도 없지 않아? 그건 또 그것대로 괴롭지 않나.
그래서 희미하게 웃는 연습이라도 하게 되는 게 아
닐까? 덜 아파지고 싶으니까.

때로 우리는, 몰라서가 아니라 너무 잘 알기에,
바보가 된다.

희미하게 웃는 법

슬픔을 가득 품곤
행복을 축하한다.
행복을 가득 안곤
슬픔을 공감한다.

그래서 때로 우리는,
희미하게 웃는 법을 깨닫는다.

또, 살아가겠지

이별이라는 어쩔 수 없음이 야속하다.
함께 영원하자 말했던 과거를 등 돌리는 것이 힘에
부친다.
시간이 모든 것을 해결해주지는 못한다는 것을
알게 되는 것 또한 아프다.

여름 바람이 이마와 옆 볼을 타고 살랑, 지나간다.
잔잔하다.
이 바람에 호흡이 익숙해지면 또
살아가겠지.
연신 숨을 깊게 들이마신다.

바람의 방향이 바뀌었을 뿐이다.
나는 아직, 숨을 쉬고 있다.

위로의 아이러니

아이러니하게도 우리는, 가장 가까운 사람들이나
우리가 사랑하고 믿고 의지한다고 여겼던 사람들보다
생각지도 못한 상대에게, 위로를 받게 되는 순간을
겪는다.

그리고 그 순간은 생각보다
큰 위로가 된다.

하나의 깨달음

좋은 것이 늘 옳을 수는 없다. 싫은 것이 늘 틀릴 수는 없다. 좋고 싫음이, 옳고 그름이 아님을 깨달을 때, 우리는 삶에 익숙해진다.

걷다 보면

현재 행복하지 않다면, 주변을 바꾸거나 나를 바꿔라.
주변을 바꾸고자 하면, 주위를 살펴보게 되고 지나온
시간을 뒤돌아보게 된다. 나를 바꾸고자 하면, 나 자
신에 대해 생각할 시간을 갖게 된다.
둘의 공통점은, 달리던 두 다리를 조금씩 또 조금씩
늦추게 되고 마침내, 걷게 된다는 것이다.

그냥 잠시, 걷자. 뛰지 않아도 괜찮아.

나의 삶에 필요한 사람

'필요한 사람이 된다는 건, 생각보다 너무 어려운 일이었다.'라고 지금에서야 말하는 것 또한, 너무나 어려운 일이었다.

언제나 겸손히, 또 겸허히 살고 있다고 자부했지만, 또 언제고 마음 깊숙이 자리 잡고 있던 자만들.

시간이 흘러 뒤돌아본 후에야 깨닫게 되었던 수많은 상처의 본원지, 그리고 그 중심에 실은 내가 있었다는 것도.

하지만 그래서 참 다행이다. 나 자신이 부족했다는 것도, 마음 깊숙이 자리했던 자만이라는 놈과 마주해보았다는 것도, 또 그래서 스스로 상처받아보았다는 것도.

모두, 필요한 사람이 되기 위함이었음을.

내 인생과 나의 삶에 필요한 사람,

바로 나 자신, 말이다.

친절의 정도

친절은, 내 마음이 불편하지 않을 정도까지만이다.

지하철에서 한 아이의 엄마와 언니가 내 왼쪽에, 그
아이가 내 오른쪽에 앉았다. 아이가 혼자 시무룩하게
부채질을 한다. 내가 아이와 자리를 바꿔만 주면, 그
아이는 더는 시무룩하지 않아도 되겠지. 내 자리를
아이에게 주고, 아이의 자리를 내가 받는다. 아이가
웃는다. 마음이 편하다.

건장한 남자와 여자가 들어온다. 내 오른쪽에 자리 하
나, 여자를 앉힌다. 남자는 서 있다. 나는 그를 한 번
올려다보고는 눈을 감는다. 내가 지금 이 남자에게 자
리를 양보하지 않아도 마음이 불편하지 않으니까.

삶이 그렇다. 함께 더불어 살아가지만 '더불어'라는
말 안에는 '나' 또한 함축되어 있겠지. 어떤 기준을 삼

아 함께 행복할 수 있다면, 나는 그 축을 '내 마음이 불편하지 않을 정도의 친절'로 두겠다. 나의 행복도 더불어 사는 세상의 일부니까. 오른쪽에 앉은 여자가, 서 있는 남자의 가방을 받아 무릎에 올려두고 그의 손을 잡는다. 둘은 웃는다. 그 또한 행복이지 않을까. 나는 다시 눈을 감는다.

소신의 무게

소신껏 산다는 건 주관의 문제다.

소신이라는 말 자체에 '나의'라는 말이 함축되어 있기 때문으로. 그래서 나는 눈치를 보며 살아간다. 남이 아닌 나의 눈치를. 그래서 두려워해야 하는 건 타인의 시선이 아닌, 내 안의 또 다른 나다.

따라서 나는, 살아가면서 이것이 내 소신에 어긋나지 않는다고 생각하는 것들에는 무엇이 와도 흔들리지 않을 거다. 만약 시간이 흘러, 내 소신이 실은 때로 틀릴 수 있다는 사실에 직면하게 된다면 그건 그때 생각하련다.

그리고 가능하다면 직면하지 않도록, 소신껏 살 거다.

소중한 삶

한쪽 눈을 감으면, 세상도 반만 보일 줄 알았는데 고
개를 한 바퀴 움직이면 결국, 세상 전부가 눈에 담
겼다.
세상이 반쪽이 난다 하여도 그것은 또, 눈에 담기는
세상의 전부가 되겠지. 삶에 상처가 뿌려져 반쯤 무
너져 내린다 하여도, 그 또한 한쪽 눈을 감은 채 바라
보는 내 삶의 전부일 것이다. 마주하게 되는 것은 늘,
일부가 아닌 전부인 것.

참, 소중하지 않은가.

기지개 정도는

마음이 마음대로 되지 않는다는 핑계를 하늘에 수놓
아놓고,
그 핑계를 이불 삼아 덮고, 바닥에 몸을 뉘어 토닥토닥
잠을 청하기로 했다.
눈을 뜬 다음 날이 아주 개운하지는 않더라도,
기지개 정도는 켤 수 있지 않을까, 하고.

소라의 마음

소라가 알맹이를 잃으면 어떻게 되는 줄 아니.

그곳에 소리가 가득 차.

파도 소리, 바람 소리, 파도 근처 잠시 머물렀던 수많은 사람의 목소리, 발걸음 소리 같은 거 말이야.

그래서 많은 마음을 품게 되지만, 몸뚱이가 없어 움직일 수는 없게 되더라.

또 그래서, 누군가 그것을 주워 귀에 가져가지 않으면, 어떤 마음을 품었었는지 알 수가 없게 돼.

그러니 너무 담으려고만 애쓰지는 마, 그러지는 마.

한 곳에 붙어 있게 되더라도 내 몸뚱이로, 꽉 찬 알맹이로 붙들고 살자, 우리.

응? 그러자.

간절하지 않을 이유

흔히, 간절히 원하면 이루어진다고들 한다.
그런데 가끔은, 나 자신을 다치게 하면서까지
무언가가 간절해야 할까 하는 의문이 든다.

만약 무언가를 향한 간절한 마음 때문으로 설레고 행
복하다면 다행이지만, 그 때문으로 아프고 다치고 있
다면.

우리는 때로 아프기 때문으로,
그것이 '간절하지 않을 이유'라고,
나 자신을 위로할 순 없을까.

아픈 미움

그러지 마.
너 아프게 했다고 해서 상대방도 똑같이 아프게 하면
그러면 네 마음이 좀 편하니.
정말로 벌을 받아야 마땅한 사람이라면
언젠가는, 누군가는 그에게 벌을 줄 거야.
그러니 너는
그 누구도 마음으로 미워하지 마.
살아가는 것도 벅찬 인생에
아픈 단추 끼우지 마.

그러지, 마.

평범한 위로

달의 탓을 하고 싶지는 않았다. 지름이 두 배가 된 것은 나의 좋지 못한 시력 탓이리라. 불과 몇 미터 앞의 글자도 뿌옇게 보이는 나에게 하늘에 달이 두 개 떠 있는 것은 아주 평범한 일이니까. 언제나 보여지는 것이 전부는 아니다. 뿌연 달도, 코앞에서 보면 구멍이 숭숭 나 있듯 우리의 모든 삶이 멀리 보아 평온해 보이는 것이리라. 그러니 괜찮다. 이것은 서툰 위로가 아니다. 서툰 인생에게 건네는, 평범한 위로다.

무엇보다 내가 아픈 것이 싫어졌다

사랑하는 마음 하나로 모든 것이 다 괜찮아졌던 나이가 지나가 버렸다. 아니 정확히 말하면 나이라는 한정된 것이 아니라, 내가 시간의 지휘 아래 변했다. 성숙해졌다고 말하고 싶지만 애석하게도 그저 변한 모습 중 하나라는 것을 안다.

상대보다 나를 더 먼저 살피게 되었으며, 이해되지 않는 것은 이해하지 않으리라 마음먹게 되었고, 무엇보다 내가 아픈 것이 싫어졌다. 그래서 실은 마음 한구석 온전히 그 사람 생각뿐이더라도, 내 시간 속에 나를 잠시 가둔 채 상대를 방관하는 법을 터득했으며, 그것이 상대를 마주함으로 상처받는 내 모습보다는 적어도 덜 초라하다고 믿게 되었다.

무엇이 정답인지는 아직 모르겠지만 적어도 한 가지씩, 나를 보호하려는 본능의 무언가가 늘어갈 것 같은 기분이다.

실패를 대하는 우리의 자세

'열린 사고'라는 건 그런 것 같아.

'실패'를 어떻게 정의 내리느냐의 문제라고 해야 하나.

그러니까 가령 무엇에 도전한다고 가정하고, 그것이

실패할지도 모른다고 생각할 때 어떤 태도를 보이느

냐는 거지.

만약 '이것이 실패한다면 내가 쏟은 시간과 돈은 누

가 보상해주지?'라고 생각한다면 그 사람은 상대적

으로 닫혀 있다고 보는 거야.

반대로 '이것이 실패한다면 나는 실패를 경험한 것이

고, 실패 직전까지 쌓아온 모든 것들이 나의 재산이

다.'라고 생각할 수 있는 사람은 상대적으로 열려 있

다는 말이지.

'무엇'을 하는지도 중요하지만 '누가' 하는지는 더 중

요해.

똑같은 실패일지라도, 누군가에겐 그저 씁쓸해하며

지나칠 수많은 날 중 하루일 테고, 누군가에겐 값진 경험으로 기록될 테니까.

이렇게 보니 우리 인생에는 실패가 없겠다. 그치?

행복해지는 법

행복해지려 애씀으로 행복해지는 것이 아니다. 힘을 빼기에 행복해지는 것이다. 그러니까 행복은, 주어진 자리에서 얼마나 힘을 뺄 수 있느냐에 따라 결정되는 것이다. 행복은 추상이기 때문이다. 물리적 힘으로 이뤄낼 수 없기 때문이고 따라서 절대적인 기준도 없다.

또한 행복은 풍선과도 같아서, 있는 힘껏 숨을 불어넣으면 터지기 일쑤다. 적당히 불어넣은 뒤, 매듭지어 그것을 하늘 위로 날려 보내야 한다.

그러니까, 주어진 숨만큼 불어 넣은 후에는 '묶을 줄 알아야 한다.'는 말이다.

묶어야 더 넓은 세상을 향해 날아갈 수 있는 것이다.

어른도 아프다

갑자기 덮쳐온 파도를 두 눈 부릅뜨고 맞이할 수 있는 사람이 얼마나 될까. 짠물이 온몸을 향해 아프게 내리치는데, 따갑다, 아프다, 말하는 것은, 그렇게 외치는 것은, 당연하지 않은가. 그것을 두 입술 꾹 다문 채 견뎌낸다 하여, 어른이 되었다 할 수 있냐는 말이다.

사는 게 힘에 부치는 이유는 아프지 않다, 괜찮다,고 말해야 어른의 삶을 사는 것 같기 때문이다. 갑자기 덮쳐온 파도에도 두 눈 부릅뜨고, 나는 무섭지 않다, 괜찮다,고 말해야 할 것 같기 때문이다. 짠물이 온 눈두덩이에 내리쳐 눈 주위가 벌겋게 달아올라도 그저, 나는 하나도 따갑지 않다,고 말해야 어른 같아 보이기 때문이다.

어른도 아프다. 마음은 정직하다.

아픈 건, 아픈 거다. 그를 인정할 수 있을 때, 비로소 어른이 된다.

나는 파도가 아프다. 따갑고, 무섭다.

우리에게는 시간이 필요하다

우리에게는 시간, 그래. 시간이 필요하다.

눈에 보이는 모든 것들을 입 밖으로 내뱉지 않는 이유는, 모든 것은 시간이 알려줄 것이기 때문이다. 하물며 내가 틀렸다는 사실도. 그런 것들은 인간이 알려주는 것이 아니다. 그건, 시간의 몫이다.

칭찬이 많은 세상

칭찬이 많은 세상이 있다.

그것은 바닥에도 흩뿌려져 있고, 공기 중에도 떠다니며, 주위에 심어진 나무의 가지 위에도 걸쳐 있다. 생김새는 각각 다르다. 솜사탕처럼 보송거리는 놈도 있고, 약초처럼 땅 위로 빼꼼 솟아난 것도 있다. 아주 가끔이지만, 눈에 보이지는 않는데 사람들의 바지 밑단을 펄럭이게 만드는 바람 같은 놈도 나타나곤 한다.

사람들은 그곳을, 약국처럼 드나든다. 시험에서 한 문제 때문에 백점을 받지 못한 아이는 바닥에 흩뿌려져 있는 그것 하나를 주워 입에 넣는다. 결혼을 앞두고 회사에서 잘린 30대 여자는 나무 위에 걸터앉아 솜사탕처럼 보송거리는 그것에 손을 뻗는다. 오늘도 실적 하나 올리지 못한 40대 남자는 집으로 돌아가기 전 그곳에 들러 가만히 하늘을 바라본다. 아마도 바지 밑단을 펄럭이게 해줄 바람을 기다리는 모양이다.

한참 약초를 주워 먹던 아이는 퍼렇게 물든 입 주변을 닦는다. 이곳에 왔던 흔적을 남기지 않으려 애쓰는 것처럼. 나무 위에 올라간 여자는 내려올 생각이 없어 보인다. 여전히 솜사탕을 뜯고 있다. 남자의 바지 주머니에서 진동이 느껴진다. 하지만 왜인지 그는 요지부동이다. 나뭇잎을 보니 아직 바람이 올 기미가 없다. 한참을 서 있던 남자는 이내 고개를 숙인 채 돌아선다. 바래진 밑단의 끝자락이, 이내 바람에 살랑인다. 작은 위로라도 건네려는 듯이.

탁탁탁, 보글보글, 부스럭.

칭찬이 많은 세상은 오늘도 약 짓는 소리로 가득하다.

기억해줘요

다가오는 이 없어도 너무 초라해 마세요. 떠나가는 이 많아도 너무 서글퍼하지 말아요. 사랑에 배신당하고 믿었던 동료에게 뒤통수를 맞더라도 너무 많이, 오래도록, 미련을 붙들고 있지 말아요. 의미를 더하지 말아요. 그저 모든 일들이 일어났을 뿐인 거라고 거울을 향해 말하세요.

어느 날엔 방바닥에 주저앉아 아이처럼 엉엉 울었을지라도, 날이 밝으면 툴툴 털고 일어나 때 묻은 이불을 털어버려요. 날이 화창해서 다행이고, 혹여 비가 퍼부어 궂은 날일지라도 땅에서 자라날 생명들을 위해 감사하다 여기며 웃어요. 모든 지나간 것들을 그리워할지라도, 미워하지는 말아요.

무엇보다 이 모든 과정이, 자신을 사랑하기 위함임을 늘, 기억하세요.

상처 없는 인생은 없다

세상에 상처 없는 사람이 어디 있어.
원래 누구나 자기 상처가 제일 아픈 법인데.
조금씩 아프고 슬프고 부족한 사람들끼리 서로 위로
하고 다독이면서, 그렇게 하루하루 살아보는 거지.
그런 거지, 뭐.

삶의 냄새

어쩌면 사람 살아가는 것들의 끝자락에는
결국 같은 냄새가 나서,
우리는 또 하루 살아가는지도 모른다.
나만 고되지는 않을 거라는
막연한 위로 덕분으로.

바람에 실려 보낼 수 있는 것들에 대하여

불어오는 바람을 마주하고 걷다 보면 이마가 시리다.
대신, 흘려보낼 수 있다.

신도 어려운 일

신도 이해가 되지 않는 일이 있을까.
온통 이해할 수 없는 것들로 가득한 인간들의 삶 속,
너무도 사는 것이 버거울 때 찾게 되는 '신'이라는 존
재 말이다.

신에 대해 이런 생각을 한 적이 있었다.
세상에 슬픈 삶들이 너무도 많아서, 그들의 바람을
모두 다 들어주지 못하는 것뿐일 것이라고.
실은 그리 생각함으로 나를 위로하였다.
솔직해지자면 단지, 나 자신을 다독이는 법을 터득했
을는지도 모른다.

문득 다시 생각에 잠긴다.
감히 머릿속을 채워본다.
신도, 때로 이해가 되지 않는 일이 있지 않을까. 그러곤

어쩌지 못하는 게 아닐까.

적어도 인간의 걷잡을 수 없는 감정 같은 것들은 말이다.

신이 인간을 창조했다 치더라도, 그들의 손으로도 어루만질 수 없는 것이, 그들도 모르는 새 자라난 것은 아니겠냐고.

걷잡을 수 없이 불어나는 감정들에, 신도 이해하기 어려운 것은 아니겠냐고.

그러니 하물며 우리는, 그것을 견디어내는 우리가 힘든 것은,

아주 당연하지 않겠느냐고.

이상한 일이 아닐 거라고.

빙산의 일각

보이는 게 전부는 아니다.
빙산의 일각도
결국 머리통을 내놓은 자의 선택이다.
그러니까,
'이만큼만 내놔야지.' 하고 내놓은 모습이라는 말이다.

결국,
보여지고 싶은 만큼만 드러낸 것이라는 말이다.

그러니 부디
함부로 판단하지 말 것.

인생의 회전목마

공감이라는 말은 참 얇디얇다.
사람 살아가는 것이 종이 한 장 같아서
절대 이해할 수 없으리라 자부했던 이야기가
부메랑이 되어 내게 돌아오기도 하고
내가 평소에 '혐오한다'고 생각했던 모습이
어느 날 거울 속에 담겨 있기도 한다.
그래서 우리는 언젠가는
공감할 수 있는 걸지도 모른다.
어제의 상대가
오늘의 내가 되기도 하므로.

우리는 모두, 슬퍼 보이지 않을 뿐이다

어른이 되어도
덜 슬퍼지는 법을 알지 못하기에
슬픔을 속내음으로 숨겨낸다.

나이가 들어갈수록
모든 순간에 위로받을 수는 없다는 것을
우리는 알아가기 때문이다.

때문으로 슬프지 않은 것이 아니다.
슬퍼 보이지 않을 뿐.

그걸로 되었다

사랑을 잘 마무리했다는 것은,
사랑에 최선을 다했다는 것이다.
그리고 가능하면,
끝이 나지 않도록 노력하는 것을 두고,
'잘하고 있다.'고 한다.
그리고 또 가능하다면,
너무 힘든 관계는 억지로 붙들고 있지 않은 것을 두고.
'잘 견뎌냈다.'고 말한다.

잘했고, 잘하고 있고, 잘 견뎌내었다.
그걸로, 되었다.

언젠가는 이별도

오래 머물렀던 잔기침이 달아나듯,
잠시 흩뿌리던 소나기가 지나가듯.
끝나지 않을 것 같았던 잔잔한 이별이,
어깨 위로 사뿐히 내려앉는다.

끝을 동여매고

사는 게 조금 퍽퍽하여도
뻑뻑해진 종아리를 주무르고 다시 걸어가자.
바스러지는 끝을 붙잡고,
한 번 더 끝을 동여매고,
머무르기를, 이곳에.
당신의 삶은 여전히 소중하다.

추억이 아름다우려면

모든 추억이 아름답다면 얼마나 좋을까.

'추억이 아름답다'는 말 앞에, '지금도 함께하는 사람과의'라는 말이 있지 않는 한, 어쩌면 누군가에게는, 세상에서 가장 모순되는 말일 것이다.

함께하지 못하는 사람과의 추억이 아름다우려면 어떻게 살아야 하는 걸까.

"당신과 함께했던 길고도 짧았던 시간을 들춰보는 것이 나는 이제 덤덤해요. 이를테면 방금 전 우연히 열어본 당신의 흔적에도 잠시도 멈칫하지 않고, 그래서 그 시간으로 다녀오지 않고, 무심히 뚜껑을 닫았어요."라고 말할 수 있는 정도가 되어야 하지 않을까.

추억을 무심히 대할 수 있을 때에서야

추억이 아름답다고 말할 수 있다면

나는 언제쯤, 너와의 추억이 아름답다 말할 수 있을까.

여물어갈 상처

울컥을 삼키는 일이 많아지길.
이 얕은 믿음이
진실로 이어지길.

아물어가는 상처가,
깊게 여물길.

필요한 관계

필요에 의해 만나는 관계에 상처받을 필요 있나.
그냥 그 순간만큼은,
서로를 필요로 할 수 있다는 거 자체로
의미 있는 일일 수도 있잖아.

매일 함께 있다고
매일 필요한 관계는 아닌 것처럼 말이야.

서서히 멀어지는 법

예전에는 어린 마음에, 마음에 들지 않는 상대나
내게 상처를 준 상대는 미련 없이 바로 끊어내었다.
정확히 말하면, 나의 서운함을 티 냈다.
하지만 지금은 구태여, 그렇게까지 하지 않고도 서서
히 멀어지는 법을 안다. 티를 내는 자체가 더, 상대에
게 애착이 있었다고 인정하는 행위라는 것을 알기 때
문이다.
그 때문에 지금은, 상대가 내게 자신의 서운함을 표
현하기 위해 연을 끊으려는 행동들로 티를 낼 때에,
나는 오히려 덤덤하게 무시한다. 함께 맞장구쳐주지
않는 것이 부스럼 없이 멀어지는 방법이라는 사실을,
이제는 알아버렸기 때문이다.

서로에게 딱 그만큼의 상처만을 감당하게 하도록.

삶의 징검다리

문득 떠올려줘도 좋다.
사는 게 만만찮아 그렇다 여기면 그뿐.
징검다리 건너듯, 삶의 중간중간, 뒤돌아 봐주면 또
어떠랴.
아주 잠시, 들렀다 가주면 또 어떻고.

그 또한 함께했다 할 수 있으니,
너무 서운해 말아라.

끊임없이 표현할 것

인간관계란 그런 것 같다.

발음이 똑같아 말만으로 마음을 표현하기엔

때로 답답한 것.

이를테면 '낫다'와 '낮다' 같은.

'생각보다 낮네?'라고 말한 것을, 상대가 뭐가 나아?

하고 물을 때. '아니, 낮다고.'라고 해서는

이해시킬 수 없는 것.

그래서 앞에 '천장이'라는 주체를 덧붙여주어야

하는 것 말이다.

혹여 상대가 음악이라도 크게 틀어놓고 있다면,

종이에 글자를 적어 보여줘야 하는 것.

혹은 손짓으로 천장을 가리키곤,

입모양으로 '낮다고'를 읊조려야 하는 것.

그래서 우리는 때로 무엇인가를 표현할 때에,

온전히 입만 벌린다 하여 관계가 이해되는 것도,

또 돈독해지는 것도 아닐지도 모른다.

말과 함께 무수히 많은 다른 것들로

끊임없이 표현을 해야만 한다.

그래야 상대가 나의 뜻을, 또 마음을

이해하고 싶게 된다.

눈빛으로, 손동작으로, 또 포옹으로.

서로에게 가까워지길 바라는 마음을 담아서.

모든 위대한 것들

크다, 작다는 서로 반대선상에 있다.
그러나 아이러니하게도 우리는,
그것이 맞물리는 곳에서 위로를 받는다.
사랑하는 사람이 써준 작은 편지, 누군가가 건넨
작은 손, 친구와 함께한 소소한 저녁 식사.
어쩌면 아주 사소하다 여길 이 작은 무언가들이
우리에게 큰 위로를 주니까.

모든 위대한 것들은 늘, 당신 곁에 있다.

고마운 인생

상처와 아픔이 없는 삶을 살아왔다면 참,
다행스러운 일이지만
상처와 아픔을 겪어온 삶이라면 참,
감사한 일이다.

그럼에도 살아왔다는 증거니까.
칭찬해주어야 마땅할, 고마운 인생이다.

Chapter 4

사랑을 포기하지 말아요

기적은 가까이에

아무리 세상이 텁텁하고 삭막해도, 나는 매일 한 송이의 꽃을 본다. 그리고 그 꽃은 거리 곳곳에 들풀과 함께 있다. 삶 곳곳에, 아주 낮은 곳, 사사로운 곳, 보이지 않는 것 같지만 잘 들여다보면 실은 아주 가까운 곳에.

지금을 사랑하기

행복하자. 그러지 않을 이유가 단 한 가지도 없으니.
'지금을 사랑하기.'
우리는 이미 그렇게 암묵적으로 합의하지 않았는가.
지금 이 순간을 미치도록 애달파하기, 애틋해하기,
그래서 비로소 소중함을 온몸으로 깨닫기. 이것이 우
리가 지금 해야 할 일.

나의 몫

날아가게 하는 건 바람의 몫이다.
머무르게 하는 건 흙의 몫이다.
자라나게 하는 건 빗방울의 몫이고,
꽃을 피우게 하는 건 해의 몫이다.

그러나 날아가는 건
머물러 뿌리내리는 건
온몸으로 비를 맞아내는 건
또, 해를 향해 고개를 드는 건

내 몫이다.

그럼에도 불구하고

드라마가 좋은 이유는, 등장인물들의 얽히고설키는
마음을 시청자들은 알 수 있기 때문이다. 현실 속 우
리들의 삶은, 각자의 방 안에서 상대가 상대의 방에
서 하는 생각을 알 수 없다. 그래서 서툴고, 또 그래서
어렵다. 하지만 그래도 나는 시청자처럼 살지는 않을
것이다. 드라마 속 사람들처럼 살 것이다. '그럼에도
불구하고' 해피엔딩.

꽃이라 부르다

가리어진 것들의 사이로
수많은 시간이 지나갔고,
모든 껍데기가 쓸려나가고서야
납작하게 뉘어 있던 한 움큼의 잡초를 보았다.
그리고 비로소 우리는 그를 꽃이라 부르기로 했다.

희망

이겨내고 싶었던, 이뤄내고 싶었던,
어린 날 품었던 많은 자만심이
파도처럼 밀려왔다 썰물이 되어 빠져나간다.
말라버린 모랫바닥에 잃어버린 작은 진주를
주워 담고 싶었지만, 간신히 손에 담은 건
새어나가는 허무한 모래알뿐이었다.

그럼에도 멈출 수 없는 건,
이곳 어딘가에는 반드시, 진주가 있다는 것을
믿고 있기 때문일지도.

삶을 위한 다짐

파도를 가르고 목적지를 향해 나아가는 거야.
험난한 여정이어도 괜찮아.
꽤 멋진 인생으로 기억될 테니까.

약속

망설였던 순간을 후회하지 않도록 매 순간 감정에 솔
직하기. 마음이 향하는 곳에 내가 그곳을 향하고 있
음을 알리기.

자전과 공전

삶이란, 자전과 공전 언저리쯤에서 늘 고민하고 괴로워하고 선택하는 과정의 연속일지도 모른다. 내 중심껏 '자전'함으로 만족하며 살다가도 더 큰 천체의 존재를 발견하면, 그 곁으로 가 주변을 공전하기도 한다. '저렇게 큰 빛을 내는 천체가 있었나.' 하는 호기심으로 다가가, 어느새 함께 살고 싶어지니까.

여기서 한 가지 착각하며 사는 것이 있다.
내가 그 두 가지 중 하나만을 택하며 살고 있다고 생각하는 것. 홀로 돌아가거나, 혹은 누군가의 곁을 맴돌거나.

그러나 자세히 들여다보면, 누군가의 곁을 맴도는 공전의 순간에도 나는 자전하고 있다. 그리고 이 두 가지 요소는 선택적인 것이 아니라 필수적인 것이다.

삶이라는 게 그렇다. 종일 홀로 돌기만 해서도 안 되고, 주변을 맴돌기만 해서도 아니 된다. 우리는 홀로 살아갈 수는 없는 존재이며, 그렇다고 주변만을 맴돈다면, '내 삶'이라 할 수 없기 때문이다.

결국 우리는, 이 사실이 마음에 들든, 들지 않든 받아들여야 한다.
스스로 몸을 굴리며, 또 다른 천체의 주변을 돌며.
함께 공존하며 살아가고 있다는 것을.

가장 큰 행복

살면서 가장 큰 행복은 나와 비슷한 점이 많은 사람
을 만나,
몇 가지 다른 점을 함께 맞춰가며 살아갈 수 있다
는 것,
그런 것이 아닐까. 사랑 또한.

나만이 안다

어떤 사람이 말도 안 되게 보고 싶은 데에는 이유가 있고, 모름지기 자기 자신이 그 이유를 알고 있다. 아주 깊은 곳에 그 이유가 있다. 분명한 형태로.

너에게

많은 것이 아니라 한 가지를 깊게 알고 싶다.
그리고 되도록 한곳에 오래 머물고 싶다.
'대식가'보다는 '미식가'이고 싶고
몸을 뒤섞기보다는 차라리 마음이 부대끼고 싶다.

그러곤 온 세월 통틀어 뒤돌았을 때
아무도 없었으면 좋겠다.
단지 옆에 나무 한 그루만 있어주면 좋겠고
나는 그 나무에 매일 한 컵씩 물을 주고 싶다.

그리고 가능하다면 이 모든 여정이
너를 향함이었으면 싶다.

알면서도, 알고 있기에

사랑이 아프기만 하다면 아마 우리는, 그것을 오래
견디어내지는 못할 것이다. 사랑이 아픈 것을 알면서
도 끊임없이 원하는 이유는, 아픈 순간을 극복해 낸
후의, 어떤 말로도 표할 수 없는 먹먹한 따스함이 우
리를 '함께 있다'고 알려주기 때문이다.

그 벅차오름을 한 번 느끼고 나면, 또 아프게 될지도
모른다는 것을 알면서도 영영 떠날 수는 없게 되는
것 같아.
떠나고 싶지, 않게 되니까.

다행이야

사랑을 할 수 있어 다행이야. 그 신기한 감정을 느낄 수 있다는 건 참 고마운 일이야. 어둔 맘에 빛이 드는 따스함, 무엇이든 해낼 수 있을 것 같은 벅찬 설렘, 이 모든 것을 주는 씨앗은 전부 사랑이니까. 그 손톱만 한 것이 무럭무럭 자라 싹을 틔우고 꽃을 피우며 살아갈 힘을 주니까. 그래서 필요한 거야, 사랑은.

소중하다면, 하루의 처음과 끝에 함께하라

소중한 건, '소중하다.' 이야기할 수 있는 건, 적어도 하루의 처음과 마지막에 함께하려 노력하는 사람이 할 수 있는 말이다.

소중한 건 그런 거다. 그것이 물건이 되었든, 사람이 되었든, 혹은 집에서 키우는 반려동물이 되었든.
치열한 하루 속에 온종일 떠올릴 수는 없더라도, 적어도 하루를 시작하는 아침에, 또 그 하루가 저무는 끝에, 그즈음에라도 서둘러 챙겨 다독여야 하는 것이다.

인간이기 때문이다. 무너지는 때가 언제고 찾아오기 때문이고,
소중한 존재로부터의 위로가 절실한 날이, 반드시 오기 때문이다.

그러니 그들에게 그곳에 언제나 머물러 달라 하려거든, 적어도 내 하루의 시작과 끝엔 언제나 당신이 있음을 알려야 한다.

그래서 사랑은 이해를 바탕으로 하되, 노력은 필수다.

틈

사랑은 서로를 망가트리는 것이 아니다.

망가지고 불행해지려는 틈을 주지 않는 것이다.

있는 그대로의 모습을 사랑해줄 것.

사랑은 행복에 겨울 때 하게 되는 것이 아니다

같은 감정에도 나는, 어떤 것은 사랑이라, 또 어떤 것은 미련이라 그리 멋대로 정의 내리곤 했다.

함께 붉게 사랑하던 순간에는, 그 어떤 장벽이 다가와도 모두 다 넘어낼 수 있으리라 생각했는데, 눈앞에 불현듯 나타난 진짜 벽 앞에 잠시 주춤할 수밖에 없겠더라고, 핑계 대고 싶었다.

그리고 생각했다.

다짐이라는 건, 행복에 겨울 때 하는 것이 아니라는 것을.

높아 보이는 벽이, 우리의 관계가, 지금껏 쌓아온 마음들의 모든 미래가, 벽 앞에 가려졌다는 막막함이 밀려왔을 때, 아니 그 때문으로 함께해온 이를 잃을 것 같다는 불안함이 엄습해왔을 때, 한 가지 번뜩 떠오른 것이 있었다.

아, 이 벽 아래 좌절하며 앉아 있든, 용기 내 이 벽을 타고 넘어가든, 중요한 건 '나는 이 사람과 함께 있는 것이었다.'고.

그리 생각한 후 그 사람의 표정을 처음으로 쳐다봤을 때, 너무도 많이 지쳐 있는 모습에 마음이 아팠다. '아, 나는 무엇을 놓쳐버린 것인가.' 싶어 아렸다.

사랑이라는 것이 어찌 늘 붉기만 하겠느냐 알고 있던 머리를 향해 가슴이 비웃었다.

'이게 사랑이더냐.'라는 물음과 함께.

사랑은, 또 함께하겠다는 다짐은, 행복에 겨울 때 하게 되는 것이 아니다.

그것이 무너지려는 찰나에, 우리의 선택과 깨달음이 주는 것이다.

그를 인정하고 나니, 그 사람의 손을 붙들게 되었다.

그래서 사랑

야속하게도 우리는, 서로 사랑하고 있다고 확신했음에도 불구하고, 상대 때문에 지독히 외로워지기도 한다.

하지만 꽤 애석하게도, 그리 생각한 나로 인해 찌푸려질 당신의 미간 주름들마저 그립다.

그래서, 사랑인 것을.

영원한 마음

어떤 것은 꽤 우직하게도 제자리에 있었다.
이를테면 오백 년 이상 한 자리를 지켜낸 한 그루의
나무라든가, 한평생 서로 단 한 사람의 곁을 지킨 어
느 노부부의 뒷모습이라든가 하는.

어린 시절의 나는 영원을 믿었다. 그것은 영원히 소
멸하지 않는, 사라지지 않고 언제나 곁에 있는 것을
의미했었다. 그래서 어쩌면 두려움도 몰랐다. 사라지
지 않을 것에 대한 당연함 때문으로.

그리고 시간은 또 꽤 우직하게 흘렀다.
오백 년 된 나무의 나이는 오백몇 살이 되었을 것이
고, 어느 노부부 중 한 사람은 우직하던 상대를 두고
홀연히 떠나버렸을는지도 모른다. 흘러간 시간만큼
생각이 흘렀고, 영원한 것은 없다는 걸 알아챘을 때

나는, 두려움도 알게 되었다.

그러나 나는 다시금 영원을 믿게 되었다.

영원이란, 손끝에 만져짐으로 존재하는 것이 아니다.
눈을 감고 마음 언저리에 손을 얹고 끊임없이 또 끊
임없이 그리워하는 것.
그럼으로 함께하는 것.
그것이 영원함이다.

한순간

우리는 순간을 사는 것 같다.
절대 풀어지지 않을 것만 같았던 몇 날 며칠 켜켜이
묵은 마음의 때도
한순간 그 사람의 말 한마디에 녹아 내려가기도 하고
또 오래도록 따듯할 것 같았던 우리의 간격도
한순간에 흐려져 버리기도 하는 걸 보면.
그래서

한순간일지라도 소중히 여겨야 한다고.

사랑을 포기하지 말아요

사랑을 하자, 함께 하는 사랑을.

조금, 내 맘 같은 세상

출근길, 수많은 인파 속에 부대낌을 느끼고 있자면,
우리는 여러 생각을 한다.
'누가 이렇게 밀어대는 거야?' 혹은 '나 하나쯤 민다
고 누가 알아보기나 하겠어?' 하는. 나는 에스컬레이
터에 가만히 서서 가고 싶은데, 앞사람이 걸어 올라
가는 통에 뒷사람에게 눈치 보여 걷게 된다든지, 혹
은 나는 바빠 죽겠는데 눈치 없는 앞사람은 걸어 올
라가 줄 생각 따윈 없어 보인다든지.
살아간다는 것도 비슷한 것 같다.
내 맘 같지 않은 일이, 새삼 따져보니 이렇게나 많았
나 싶은 순간이 있다.
그건 아마, 이 모든 출근길에 오른 사람들처럼
각자의 이유와 이야기로 살아가고 있기 때문이겠지.
사실 생각해보면, "뒤에서 밀지 마세요."라든지,
"바빠서 그런데 걸어 올라갈 수 있게 비켜주세요."라

든지

말로 하지 않으면, 상대는 절대 내 사정을 들여다볼
수 없다.

모두 다른 밤을 보내곤, 다른 아침을 맞이한 것처럼
전부 나와 같은 이야기는 아닌 거다.

그러나 우리는, 앞서 말한 것처럼, 그럼에도 뒷사람
눈치가 보여 걸어 올라간다거나 혹은 꽉 막힌 지하철
안에서 혹여 뒷사람이 내리는 데 불편하지는 않을까
하는 마음에 잠시 문밖으로 내려주기도 한다.

사실 우리는 그런 것이 당연한 배려라고 생각하며 살
지만,

이 사소한 것들로 내 이야기의 시작이 조금 여유로워
질 수도 있는 것이다.

그러니 너무, 내 맘 같지 않다고 불평하지 않아 보는
건 어떨까. 찾아보면 아주 가까이, 아주 조금은

내 맘 같은 일도 존재하니까.

조금, 내 맘 같은 세상.

믿고 싶은 꿈

그래, 안다.
무조건적인 희망이 때론 우리를 더 아프게 한다는
것을.
'허황된 꿈을 꿨다.' 생각하며, 더 와르르 무너져버린
다는 것을.
그래도 믿고 싶다. 꿈은 이루어진다고.

혼잣말로 수천 번 외치고 기도했는데도 아직
손에 넣지 못했다 하더라도,
그것을 놓아버리는 것이
쥐고 있는 것보다 더 아플지도 모른다고.

내려놓은 꿈이, 골목 어귀에서 버림받은 채
바들바들 떨고 있다면
그건 너무나 아프지 않겠느냐고.

진심이 필요한 이유

얘, 너 진심이 왜 필요한 줄 아니?

사람들을 향해 '그렇지 않다'고 말해주기 위해서야.

이게 무슨 말이냐 하면은, 누군가가 네가 아끼고 사
랑하는 그 사람의 흉을 볼 때에 혹은 너도 모르는 그
사람의 이야기를 늘어놓을 때에 "내가 아는 그 사람
은 그런 사람이 아니에요. 제가 알아요. 그건." 하고
말해주는 데 필요한 거란다.

그런 거야.

사실, 너도 모르는 그 사람의 모습이 있을 수도 있고,
또 누군가가 아는 그 사람의 모습이 가끔, 진짜 그 사
람이기도 하더라. 살다 보니까. 하지만 있잖니, 그래
도 때로 속아주기도 하고, 또 기다려주기도 하고, 그
러고 싶은 마음이 들게 하는 건 말이야. 그 사람이 내
게 얼마큼 진심이었는지, 그래서 내게 얼마나 그 사
람이 소중한지, 그 정도면 되겠더라고. 그냥, 언제나

나는, 다른 사람들을 향해 '그렇지 않다'고 해주고 싶어져.

사랑한다고 말할 수 있다면,
조금 모자란 사랑도 괜찮아

사랑은 아름다움을 동반한다. 하지만 우리는 사랑하고 있기 때문으로 아름답지 않다고 생각하는 때가 있다. 더 좋아하는 마음 때문에 초라해지는 나 자신과 마주할 때, 혹은 왜 나는 더 큰 사랑을 주고받지 못하는가 하는 자괴감에 빠질 때. 그러나 나는 말하고 싶다. 우리는 조금 모자란 사랑을 마주하고, 겪어내고, 그럼에도 불구하고 상대를 향해 "사랑한다."고 말할 수 있기에 아름답다고. 시간이 지난 어느 날의 내가, 그때의 어리숙했던 나를 뒤돌아볼 때에 '아, 나는 그때 참 미숙했지만 때묻지 않아 아름다웠다.'고 웃으며 말할 수 있을 날이 반드시 올 것이라고. 우리는 사랑했기에 아름다웠다고.

다시, 무너지기를

사랑했다는 사실은 변함없기 때문으로 우리는 다시
사랑에 빠질 때를 기다릴 수 있게 된다.

깊숙이 박힌 기억

어떤 기억은 머릿속 구석 어딘가에 아주 아주 깊숙이 박혀 있어서, 손이 닿지 않아 별수 없이 기억하며 살아가게 된다. 아마 앞으로도 영영, 아주 완전히 잊어버리지는 않게 되겠지.

더불어 그것은 때때로 튀어나와 다른 기억 사이사이를 헤집어놓으며 콕콕 찔러 오기도 한다. 아무런 대비도 하지 못한 때에. 또 그래서 그 기억은 때로, 사람을 무방비상태에 빠트린다. 헤집고 난 뒤에 어질러진 다른 기억들을 제자리에 다시 정리하는 것은 온전히 내 몫이기 때문. 이러한 생각들을 얼추 정리할 때 즈음이 되면, 그는 언제 튀어나왔냐는 듯 다시 손이 닿지 않는 아주 깊숙한 제자리로 돌아간다.

늘 정리정돈을 해도, 아무런 예방도 할 수 없는 이유.

나를 지켜줄 선물

우리에게는 우리만의 역사가 있어요. 그래서 우리는 아주 나중에 알 수 있어요. '정말로 사랑했던 사람'이 누구였는지. 또 그래서, 우리는 아주 많은 시간이 지나고 그로부터 또 나중이 되면 그때의 시간을 행복한 역사로 기억할 수 있게 돼요. 그건 참 행운이죠. 진짜 사랑을 받았었다는 확신만큼 과거에게 받을 수 있는 큰 선물은 없으니까.

혼자의 선택

나는 혼자이므로 사랑받지 못하는 삶이 아니다. 때로 우리는, 물밀듯 다가오는 사랑이 두려워 스스로 잠시, 혼자가 되기도 하니까.

그렇게 해야 사랑이라고만 생각했어요

펄쩍 뛰면 늘, 천장에 머리가 쿵 하곤 했는데.
매 순간 마음에 온 힘을 주면, 힘에 부칠 수밖에 없
는데.
나는 늘, 그렇게 해야 사랑이라고만 생각했어요.

이제는 알아요.
가만 가만 두런 두런 소근 소근

마주 앉아 있는 게,
사랑이란 걸.

그러나 반드시

우리는 사랑을 하자. 오래 된 벗과, 오래 함께 하고픈 벗. 그리고 사랑하는 사람과.
어떻게 하는 것인지 몰라도, 그지 하자.
아무리 생각해도 이 퍽퍽한 세상에 사랑이 없다면 도시가 온통 잿빛일 것만 같으니. 그러니 모르면 모르는 대로, 몰라도 아는 척이라도 하며, 그저 하자. 사랑을, 부디.

그리고 그 무지한 나와, 벗들과, 사랑하는 사람과 함께 그 무지함을 비웃고, 때로 울고, 아주 많은 시간이 지나도 함께, 부끄러워하며 살자.
그러나 반드시, 〈함께.〉

사랑을 걷다

한 걸음 한 걸음씩 서로의 보폭을 맞춰가며 어깨를 나란히 하는 것. 상대가 제자리걸음을 하더라도 앞서 나가지 않는 것. 뛰어가고 싶을 땐 반드시 손을 잡고 달리는 것. 뒤처진 상대를 기다릴 줄 아는 것. 포기하고 싶은 지점에서는 함께 벌러덩 눕는 것. 바닥에 누운 채 마주봤을 때, 두 사람 모두 웃는 여유를 배우는 것. 한숨 고른 뒤, 서로에게 기대 다시 일어서는 것. 주변을 둘러보며 천천히 걷는 것. 아주 오랜 시간을 함께 걸어가며 두 사람만의 속도를 만들어가는 것.

기꺼이

사랑은 늘 어지럽지만, 휘청이도록 사랑할 수 있다
면. 기꺼이.

로맨스

하루는 로맨스다.

우리는 낮과 밤의 연애사건 속에 살아간다. 눈에 보이지 않을 뿐, 해와 달은 언제나 함께 떠 있다. 더 빛나는 순간이 있을 뿐, 아니. 더 빛나게 해주는 시간이 있을 뿐. 같이 있지 않음은 아니다.

둘은 디격태격하기도 한다. 매년 달은 해의 부분을 가릴 때가 있다. 혹은, 새벽에 제법 선명한 달이 보이기도 한다. 시위라도 하듯 말이다. 그러나 달은 제시간에 맞춰 본분을 다한다. 낮이 오면 언제 그랬냐는 듯, 해가 빛나도록 숨어주니까.

해도 마찬가지다. 저녁이 오면 산 등허리에서 밍기적, 들어가기도 한다. 온 하늘을 붉게 물들이며. 그러다 이내, 달을 위해 밤을 내어준다.

우리는 살아간다. 이러한 하루를. 그래서 살아간다는 건, 누군가를 사랑한다는 것과 많이 닮았다. 그것이 연인이 되었든, 나 자신이 되었든, 가족이 되었든, 어떤 사건이 되었든 말이다. 밝았다가, 어두웠다가, 또 어둠 속에서 빛나기도 하면서. 그러나 반드시, 이 모든 것들이 하루 속에 함께 하며 말이다.

마음을 따르면

마음이 향하는 곳을 따라 걸어가다 보면
그곳에 언제나, 사랑이 있다.

무지개 띄우기

지켜야 할 것들이 늘어가고 있다. 나의 신념과 중심이 늘, 모든 과정에 함께하기를 바라며 고개를 끄덕일만한 결과로 이어지기를 소망한다. 껍데기뿐인 결과가 아니라, 함께했던 신념과 중심이 꽉 찬 진짜 열매로 말이다. 스스로에게 부끄럽지 않게 살자. 나의 삶을 사랑하기를. 궂은날이 오더라도 정직하게 극복하여 아름다운 무지개를 띄우기를.

겨울가지

겨울과 봄 사이에 있는 나뭇가지에는, 푸른 새싹이 돋아나고 있었다. 사람들은 새로운 계절의 탄생에 미소 지었다.

상처투성이 가지들이 새싹을 틔운 가지들에게 마지막 마음을 건넨 뒤 바닥에 떨어져 있었고, 나는 그들에게 인사했다. 내 인생에, 봄을 주기 위해 애써주어서, 고마웠다고.

다음 봄이 오거든, 꼭 새싹을 틔우자고. 지나온 상처를 온몸에 품고, 찬 겨울을 함께 버텨주어서, 고마웠다고.

덕분에, 단단한 꽃을 피울 수 있을 것 같다고.

잘 버텨준 인생에게, 고맙다고.

작가의 말

"겨울이 가면 봄이 오듯, 앙상한 가지에는 또 꽃이 핀다는 것을
이제는 알아요."

문득, 다시 들여다보고 싶은 글을 쓰고 싶다고 생각한 지 6년이
지났습니다.
《우리를 사랑이라 말할 수 있다면》은 저에게는 문을 열어준, 많은
시작을 함께해준 고마운 이야기들의 모음집입니다. 이 자리를 빌
려 다시 한번 글을 쓸 수 있도록 기회를 주신 황지영 편집자님, 그
기회를 구현하기 위해 열과 성의를 다해 고생해주신 송혜선 편집
자님과 이정헌 디자이너님, 이 책이 세상에 나올 수 있도록 보이
지 않는 곳에서 애써주신 더퀘스트 팀원분들, 그리고 무엇보다,
오랜 시간이 지났음에도 여전히 제 글을 찾아주시는 독자분들에
게 진심으로 감사하다는 마음을 꼭 전하고 싶습니다.

글을 쓰는 건 점점 어려워지는 것 같습니다. 삶은 더 그렇습니다.
나이가 든다고 하여 내면이 성숙해지는 것은 아니라는 것을 깨닫

는 순간이 많아질 때마다 고개를 숙이게 됩니다. 그저 반복되는 일상에 익숙해져서 무덤덤하다고 여기며 살아갈 뿐, 우리는 사실 지금도 서툴고 어리숙합니다. 힘든 것은 여전히 힘들고, 아주 작은 상처에도 쉽게 무너지곤 합니다. 어쩌면 아파보았기에, 그 아픔이 얼마나 나를 힘들게 하는지 알고 있기에 더 겁쟁이가 되어가는 것일지도 모릅니다.

그러나 한 가지 확실한 것은 아무리 긴 터널일지라도 반드시 출구는 존재한다는 것입니다. 빛이 없다면 어둠은 없다는 것을, 빛이 없었다면 어둠을 어둠이라 인식하지 못했으리라는 것을 이제는 조금 믿게 되었다는 것입니다. 그 믿음의 중심에는 늘 사랑이 다양한 형태로 공존하고 있었다는 것도요. 나를 사랑하고 타자를 사랑하는 과정은 고단하지만 그만큼 가치 있는 일이라는, 삶의 진리를 말입니다.

그러니 우리는 어디서든 사랑을 했으면 좋겠습니다. 오해와 이해를 끈질기게 반복하다 어느 날에는, 기어이 서로를 안아주었으면 좋겠습니다. 그렇게 함께 살아갔으면 좋겠습니다. 하루하루 조금씩, 나아지면 좋겠습니다.

경계 지을 수 없는 우리의 수많은 사랑이, 걱정과 불안으로 물든 모든 밤의 창가에 빛이 되어 스며들기를 소망합니다. 우리를 사랑이라 말할 수 있다면, 그것이면 정말로 충분할 것 같습니다.

우리를 사랑이라 말할 수 있다면

초판 발행 · 2022년 7월 15일

지은이 · 강송희
발행인 · 이종원
발행처 · (주)도서출판 길벗
브랜드 · 더퀘스트
출판사 등록일 · 1990년 12월 24일
주소 · 서울시 마포구 월드컵로 10길 56(서교동)
대표전화 · 02)332-0931 | **팩스** · 02)323-0586
홈페이지 · www.gilbut.co.kr | **이메일** · gilbut@gilbut.co.kr
대량구매 및 납품 문의 · 02)330-9708

기획 · 황지영, 송혜선 | **책임편집** · 송혜선(sand43@gilbut.co.kr) | **제작** · 이준호, 손일순, 이진혁 | **마케팅** · 한준희, 김선영, 류효정 | **영업관리** · 김명자, 심선숙 | **독자지원** · 윤정아

디자인 · 이정현
CTP 출력 및 인쇄, 제본 · 북솔루션

ISBN 979-11-6521-996-3 (03810) (길벗 도서번호 040226)
정가 15,200원